할아버지의 달콤한 유산

초판 1쇄 펴냄 2020년 3월 20일
8쇄 펴냄 2023년 4월 28일

지은이 펑수화
그린이 천완링
옮긴이 조윤진

펴낸이 고영은 박미숙
펴낸곳 뜨인돌출판(주) | 출판등록 1994.10.11.(제406-251002011000185호)
주소 10881 경기도 파주시 회동길 337-9
홈페이지 www.ddstone.com | 블로그 blog.naver.com/ddstone1994
페이스북 www.facebook.com/ddstone1994 | 인스타그램 @ddstone_books
대표전화 02-337-5252 | 팩스 031-947-5868

ISBN 978-89-5807-754-1 03820

VivaVivo 41

할아버지의
달콤한 유산

펑수화 지음 ─ 천완링 그림 ─ 조윤진 옮김

뜨인돌

차례

서곡   7

제1막   다 함께 연극 한바탕   25

제2막   무대에 오른 '보기 좋은' 연극   45

제3막   이묘환태자   55

제4막   용제호형   66

제5막   할아버지, 생신 축하해요!   74

제6막   사라진 할아버지   89

제7막   시공을 뛰어넘은 영혼   100

제8막   고향으로 가는 길   107

제9막   소똥밍 할아버지   119

제10막 가짜가 진짜가 되다   132

제11막 수펀 할머니   143

제12막 선칭펑 할아버지의 무덤   161

제13막 큰할아버지   171

        대단원   186

        연극이 끝난 뒤   198

지은이의 말   그리움이란 이름의 흔들의자   201
추천의 글   불후의 영혼   206
더 읽는 글   치매를 더 잘 이해하기 위해 I   209
            치매를 더 잘 이해하기 위해 II   213

일러두기

1. 각주는 대부분 옮긴이의 주석입니다.

2. 20쪽의 각주는 원서의 주석을 이해하기 쉽도록 내용을 다듬었습니다.

3. 37쪽과 125쪽의 각주는 원서의 주석입니다.

서곡

할아버지를 병문안하고 온 뒤로 엄마의 표정은 침울했다. 목소리는 평소보다 더 상냥했지만 미간을 잔뜩 찌푸린 얼굴이 꼭 정신을 딴 데 두고 온 사람 같았다. 애써 감정을 진정시키려 해도 내 눈을 속일 순 없었다. 왜냐하면 엄마는 이런 식으로 어떤 일을 숨겨야 할 때마다 겉으로는 더 평온한 척을 했기 때문이다. 어른들은 우리를 아주 단순한 존재로 여기지만, 사실 아이들은 모르는 게 없다. 나는 이런 상황에선 절대로 엄마의 신경을 건드리지 말아야 한다는 사실을 아주 잘 알고 있다. 괜히 엄마를 건드렸다간 화산이 폭발하는 것은 물론이거니와 뜨거운 용암이 사방으로 숫구쳐 뼈도 못 추리게 될 테니 말이다.

할아버지의 폐선암과 경도 치매 증상이 발생한 지도 벌써 1년이 지났다. 할아버지는 암 치료를 위해 한 알에 2000위안[*]이 넘는 표적 치료제

---

*   우리 돈으로 약 8만 원에 달하는 금액이다.

를 매일 복용했는데, 다시 말해 한 달 약값으로 6만 위안이 든다는 뜻이었다. 6만 위안이 도대체 얼마나 큰 돈이지? 처음에는 도통 가늠이 되질 않았다. 그런데 아빠의 말을 듣고는 깜짝 놀랐다. 보통 사람의 두 달치 월급을 한 푼도 쓰지 않고 모아야 하는 금액이라는 것이다. 와! 정말로 큰 돈이구나!

바로 그 돈 때문에 1년 전 아빠와 할머니가 크게 다퉜다.

그날 저녁, 아빠와 엄마와 할머니가 거실에 모였고 숙제를 마친 나는 방에서 나와 막 리모컨을 집어 든 참이었다. 그런데 엄마가 나를 보자마자 이렇게 외쳤다.

"얼른 방으로 들어가!"

"티브이 보고 싶단 말이야!"

그러자 이번엔 아빠가 말했다.

"들어가! 어른들끼리 의논할 일이 있어."

아빠의 말투는 폭발하기 직전이었다.

"지금 엄청 재밌는 프로그램 할 시간이라고! 할 얘기 있으면 해. 난 절대 안 끼어들고 옆에서 조용히 티브이만 볼게. 그래도 안 돼?"

나는 아주 조심스러운 말투로 사정했다.

"당장 들어가라고 했다, 어?"

아빠가 눈을 부릅뜨며 목에 핏대가 드러날 만큼 커다란 목소리로 나를 야단쳤다. 게다가 오른손까지 세차게 휘젓는 바람에 하마터면 옆자리의 엄마가 맞을 뻔했다.

재빨리 아빠의 손을 피한 엄마는 고개를 돌리며 지나치게 다정한 목소리로 이렇게 말했다.

"착하지! 아빠 말씀대로 얼른 방으로 가렴."

엄마의 목소리에 나는 머리칼이 쭈뼛 서는 느낌이었다. 아무리 눈치 없는 사람이라도 그 목소리에는 고분고분해질 수밖에 없었다.

나는 슬금슬금 꽁무니를 빼며 방으로 돌아와 대런 샌*의 『악령 어드 벤처─죽음의 환영』을 펼쳐 들었다.

거실에서 아빠의 고함 소리가 들려왔다.

"이미 결정했다니까요. 더 이상 아무 말씀 마세요!"

할머니도 지지 않고 외쳤다.

"네 아버지는 지금껏 잘 살았고, 이제 살 만큼 살았어. 순리를 따라야지, 그렇게 큰 돈을 뭐 하러 낭비하나?"

"낭비라니요?"

아빠의 목소리는 천장마저 뚫어 버릴 기세였다. 덩달아 내 고막까지 윙윙 울렸다.

"아버지의 목숨을 구하는 일이 '낭비'라고요?"

그는 커다란 손으로 바위를 움켜쥐고는 둘로 쪼개 보려고 엄청난 힘을 가했다. 우지직, 소리와 함께 바위의 맨 위쪽 뾰족한 부분에 틈이 벌어졌다. 하지만 바위는 마치 거대한 산처럼 꿈쩍도 하지 않았다.

---

*   Darren Shan. 영국 출신의 아일랜드 작가로, 판타지 소설을 주로 쓴다.

"당신, 목소리 좀 낮춰!"

이번엔 엄마였다. 엄마는 잠깐 멈췄다가 다시 말을 이었다.

"어머님! 돈은 아범이 내고, 목숨은 아버님 거예요. 부자 사이에 그렇게 얘기가 됐다면 더 이상 저희가 상관할 일은 아니죠. 돈이 많아도 효심이라곤 없는 자식이 있는가 하면, 지극한 효자인데 가난한 자식도 있잖아요. 아범은 능력도 되고 효심도 지극하니 이것도 다 아버님 복이에요. 기쁘게 받아들이시면 될 일이라고요."

"네 아버지는 그 복을 이미 누릴 만큼 다 누렸어. 1, 2년 더 산다고 해서 무슨 의미가 있겠냐. 네가 아무리 의사고 돈을 많이 번다지만, 그래도 아껴야 잘사는 법이야. 다 너희들 위해서 하는 소리다!"

"우리를 위해서! 그놈의 우리를 위해서!"

아빠는 하도 심하게 소리를 질러서 목소리가 쩍쩍 갈라졌다.

"양복에 넥타이 매고 출근하게 한 것도 다 나를 위해서고, 내가 먹는 음식에까지 간섭하는 것도 다 나를 위해서고, 아버지 틀니를 못 하게 한 것도 다 나를 위해서라고 하셨죠. 사실은 그게 아니에요, 어머니는 그렇게 주변 사람들을 손아귀에 넣고 통제하고 싶은 것뿐이라고요!"

베러나부스*는 바위에서 떨어져 나온 돌덩이를 양 팔뚝으로 감싸 쥔 채 승리의 함성을 내질렀다.

---

* 대런 섄의 소설 속 등장인물의 이름.

"넌 정말 양심도 없구나. 내가 그렇게 열심히 너를 키우지 않았으면 지금 그 의사라는 직업이 가능키나 했겠냐!"

"저를 의사로 키우신 건 제가 돈을 많이 벌길 원해서였죠. 어머니를 위해서 말이에요. 그리고 돈 많은 여자와 결혼시키고 싶어서였죠!"

"돈 많은 여자와 결혼하라고 했던 건 다 너를 위해서였어! 그게 뭐 잘못이냐?"

그때 나지막한 엄마의 목소리가 들렸다.

"지나간 일은 더 이상 얘기하지 마."

"왜 말하면 안 되는데!"

아빠가 대꾸했다.

"내 말을 안 들어서 지금껏 그렇게 별 볼 일 없는 의사로 살고 있는 거 아니냐. 내 말을 들었더라면 지금쯤 병원장이 됐을 텐데!"

광폭한 분노가 환영이 되어 베러나부스를 공격해 왔다. 환영은 그의 가슴과 배 속을 파헤치며 거대한 살점을 뜯어냈다.

『악령 어드벤처―죽음의 환영』은 정말 끝내주는 소설이었지만 밖에서 들려오는 격렬한 말싸움 때문에 도통 집중이 되질 않았다. 나는 몇 줄을 더 읽다가 결국 책을 침대 위에 엎어 두곤 귀를 쫑긋 세워 전쟁터의 상황에 집중했다.

"별 볼 일 없는 의사로 살아도 맘은 편하다고요. 그때 돈 많은 여자랑 결혼했더라면 어머니가 지금처럼 마음대로 간섭하고 살 수 있었을까요? 어머니는 진작 다른 곳으로 쫓겨났겠죠!"

"내가 무슨 간섭을 마음대로 한다고 그러냐? 그리고 쟤가 어디 내 말을 듣냐? 그렇게 싼 것 좀 사라고 해도 하나에 40위안이나 하는 빵을 사와서 먹으라고 하질 않나, 외출할 때 옷 좀 제대로 갖춰 입으라고 말해도 굳이 청바지를 입고 나가질 않나, 사람 망신스럽게! 이런데도 쟤가 내 말을 고분고분 듣는다고?"

"어머님, 어머님이랑 이 사람 사이의 일은……."

엄마가 무언가 이야기를 하려 했지만 할머니는 틈을 주지 않고 계속해서 퍼부었다.

"나랑 아순의 사이가 틀어진 건 네가 중간에서 이간질했기 때문 아니냐!"

"어머님! 저를 별로 안 좋아하시는 건 알지만, 그래도 저는……."

엄마의 목소리가 팽팽히 당긴 고무줄처럼 떨렸다.

"다른 말 할 필요 없다. 너 아니면 누구겠냐?"

할머니가 쏘아붙였다.

"어머니…… 저는……."

"됐어! 그만해!"

아빠의 말이 끝나자마자 와장창, 하고 무언가 깨지는 소리가 거실에서 들려왔다.

그 소리에 나는 반사적으로 문을 열고 거실로 뛰쳐나갔다. 머리가 헝클어진 채 이를 드러내 보이며 눈을 부릅뜬 아빠가 소파 앞에 서 있었는데, 그 모습이 마치 전투를 준비하는 악마의 들짐승처럼 보였다. 아빠가 늘 사용하던 청록색 도자기 찻잔은 이미 바닥에서 산산조각이 나 있었다. 생전 처음 보는 아빠의 모습에 나는 너무 놀라 입이 떡 벌어지고 말았다.

아빠는 벌겋게 충혈된 눈으로 나를 노려보며 소리쳤다.

"당장 방으로 들어가!"

분명히 그러려고 했지만 나의 의지와는 상관없이 한 발짝도 움직일 수가 없었다. 단단히 묶인 발이 대리석 바닥 아래로 뿌리를 내려 버린 듯한 느낌이었다. 아빠와 나는 서로를 마주 보고 있었고 아빠의 눈동자에서는 수만 개의 칼과 화살이 쉭쉭 소리를 내며 나를 향해 발사되었다. 너무 놀라고 당황해서 나도 모르게 눈물이 솟구쳤다. 물론 진짜로 울음이 터진 건 아니었다. 정말이다. 난 결코 그런 졸보가 아니었다. 하지만…….

"사내자식이 울기나 하고!"

아빠는 또다시 나를 향해 화살을 날렸다.

바로 그 순간, 마치 두꺼운 방음 유리가 주위를 뒤덮은 듯 사방이 고요해졌다. 엄마가 황급히 손짓 발짓을 하며 무언가를 말했지만 내 귀엔 아무 소리도 들리지 않았다. 얼마나 시간이 흘렀을까, 엄마가 곁으로 다가와 나를 질질 끌다시피 해서 방으로 데리고 들어갔다.

엄마가 의자에 털썩 주저앉자 나도 그때서야 정신이 들었다. 눈물이 그렁그렁한 내 시야로 울고 있는 엄마의 모습이 들어왔다.

아빠와 엄마가 결혼한 지 벌써 10년이 되었지만 할머니는 시종일관 엄마를 못마땅하게 여겼다. 할머니는 아빠의 창창한 앞길을 '이 여자(바로 우리 엄마)'가 망쳐 버렸다고 생각했다.

예전에 할머니는 여러 사람에게 부탁해 돈 많은 집 딸들을 아빠에게 소개했다고 한다. 한번은 모 은행장의 딸과 아빠가 맞선을 보게 되었고 할머니, 할아버지 그리고 중매인까지 나와 어느 호텔의 식당에서 여자 쪽 일행을 기다렸다. 상대방 가족은 약속 시간을 넘겨 느긋하게 나타났는데 아빠가 아무리 둘러봐도 정작 맞선을 볼 여자의 모습은 보이질 않았다. 무언가 좀 이상했지만 아빠는 최대한 예의를 갖춰 눈앞의 부인에게 인사를 건넸다.

"사모님, 안녕하세요!"

그러자 생글생글 웃던 여자의 얼굴이 뺨이라도 얻어맞은 사람처럼 벌겋게 달아올랐고…… 그 뒤로는 무슨 말을 해도 어색하고 또 어색한 자리가 되고 말았다.

그럼에도 불구하고 여자는 아빠를 마음에 들어 했다. 아무렴, 잘생긴 데다가 직업도 의사였으니까! 할머니는 어떻게든 두 사람의 혼사를 성사시키기 위해 안간힘을 썼지만 아빠는 한사코 할머니의 뜻에 따르지 않았다. 그리고 얼마 지나지 않아 아빠는 엄마를 알게 됐다. 할머니가 엄마를 얼마나 못마땅하게 여겼을지, 안 봐도 뻔하다.

두 사람 사이에 결혼 이야기가 오고 가자 할머니는 온갖 방법으로 훼방을 놓았다. 일단 처음에는 궁합이었다. 할머니는 두 사람의 생년월일시로 궁합을 보고, 점쟁이한테 이 결혼이 길한지 흉한지 물어보자고 했다. 만약 점괘가 흉하다고 나오면 할머니에겐 결혼을 반대할 '충분한 이유'가 생기는 셈이었다.

하지만 아빠가 할머니보다 한 수 위였다. 아빠는 일단 두 사람의 사주를 점쟁이에게 보여 주고, 만약 궁합이 좋지 않으면 엄마가 태어난 시간을 바꿔서 최고의 궁합으로 꾸며 낸 다음 할머니를 속일 계획이었다. 하지만 정작 아빠는 본인이 태어난 시간을 정확히 알지 못했다. 그런 기록은 전부 할머니의 방에 보관되어 있었는데, 당시 사촌 누나가 아주 어릴 때라 혹시라도 누나가 방을 어지럽힐까 봐 할머니는 평소에 방문을 잠가 두었다. 어느 날 할머니와 할아버지가 외출한 사이 아빠는 몸놀림이 민첩한 큰아빠에게 도움을 요청했고, 결국 큰아빠가 환기창을 통해 할머니의 방에 몰래 들어가기로 했다.

큰아빠는 날랜 동작으로 포개 놓은 탁자와 의자를 성큼 밟고 올라가 팔을 쭉 뻗은 다음 허리를 움츠려 환기창에 기어올랐다. 하지만 문제는 그다음이었다. 큰아빠가 꽤 살이 찐 상태였기 때문에 오동통한 몸이 좁은 환기창 틀에 꽉 끼어 버린 것이다. 그래서 짧고 굵은 두 다리가 창밖에 매달려 버둥대는 꼴이 되고 말았다.

"그래 가지고 들어갈 수나 있겠어?"

혹시라도 큰아빠가 고꾸라질까 봐 걱정이 된 아빠는 대롱대롱 매달린 두 다리를 보며 초조한 목소리로 물었다.

"닥쳐! 내가 누구야? 내가 바로 장아위안이라고!"

큰아빠는 누군가 자신을 깔보는 걸 제일 싫어하는 사람이었다.

허리와 다리를 이리저리 비틀어 가며 큰아빠는 창틀에 낀 살진 몸을 조금씩 안쪽으로 밀어 넣었는데, 그 광경은 흡사 순대를 만들기 위해 창자에 속을 채워 넣는 장면 같았다고 한다. 뒤이어 쿵, 하는 묵직한 소리와 함께 큰아빠가 바닥으로 떨어졌다.

무사히 방 안에 진입한 뒤 시간은 째깍째깍 흘러갔다. 방 안에선 온 구석을 샅샅이 뒤지는 소리만 새어 나왔다.

"찾았어?"

아빠는 속이 바짝바짝 타들어 갔다.

"좀 기다려 봐!"

벽을 타고 큰아빠의 답답한 목소리가 울렸다.

1분, 1초, 시간은 계속해서 흘러갔다.

"찾았냐고!"

아빠가 또다시 물었다.

"좀 기다리라니깐!"

문 앞에서 갈팡질팡하며 허둥대던 아빠는 환기창에서 큰아빠의 다리가 쑥 빠져나오는 모습을 보고서야 비로소 안도의 한숨을 내쉬었다. 다음 날, 아빠는 곧바로 두 사람의 사주를 점쟁이에게 가져갔고 궁합의 결과가 '대길'이라는 말에 그나마 한시름 놓을 수 있었다.

자신의 계획이 무산되자 할머니는 '플랜B'를 꺼내 들었는데 그건 아빠도 미처 예상하지 못한 일이었다. 할머니는 아빠의 친구들을 불러 아빠를 설득해 달라고 부탁했다. 물론 계획은 실패로 돌아갔다. 결국 할머니는 '울고불고 매달리기'라는 최후의 수단으로 아빠를 궁지에 몰아넣었다.

아빠는 결사적으로 할머니에게 저항했다. 나중에 아빠한테 들었는데, 당시 아빠는 엄마와 야반도주까지 생각했다고 한다. 그러자 보다 못한 할아버지가 할머니에게 이렇게 물었다.

"돈 많은 며느리를 보는 일이 중요해, 아들을 붙잡는 일이 중요해?"

할머니는 그때서야 모든 걸 포기하고 마지못해 두 사람의 결혼을 허락했다.

결혼식을 며칠 앞두고 할아버지는 홀로 엄마를 찾아갔다. 그리고 엄마의 손을 잡으며 이렇게 말했다.

"야후이, 그동안 얼마나 속상했니! 우리 장씨 집안에 시집을 와 줘서 정말 고맙다. 앞으로 잘 부탁한다!"

엄마는 그 자리에서 펑펑 울었다고 한다. 이후로 엄마는 할머니가 어떤 구박을 해도 묵묵히 참으며 견뎠고 할아버지를 꼭 친정 아빠처럼 살갑게 대했다. 할아버지도 엄마가 할머니에게 욕을 먹을 때마다 친딸처럼 엄마를 위로해 주었다.

다시 원래의 이야기로 돌아오자면, 그날의 싸움에서 울음이 터진 사람은 엄마만이 아니었다. 할머니 역시 눈물 콧물 바람으로 짐을 싸서 타이베이로 가 버렸고 1년 동안 할머니는 아빠와 한마디도 말을 섞지 않았다. 할머니는 일이 있을 때면 엄마를 통해 이야기를 전했고 심지어 아빠가 출근하고 없을 때만 할아버지를 보러 올 정도였다.

숙제를 막 끝낸 참이었는데 엄마가 방문을 노크했다. 내가 문을 열기도 전에 엄마는 문틈 사이로 고개를 빠끔 내밀며 물었다.

"좀 들어가도 돼?"

엄마의 목소리는 놀랍도록 부드러웠다. 잔잔한 호수의 수면이 연상

되는 음성이었다. 엄마도 참! 이렇게 나를 '존중'해 주는데 거기다 대고 어떻게 '안 돼'라고 말한담?

물론 엄마는 내 대답을 듣기도 전에 이미 방으로 들어와 침대 한쪽에 자리를 잡았다.

"민원, 여기 좀 앉아 봐!"

엄마가 옆자리를 탁탁 치며 말했다.

엄마의 말에 나는 순간 100만 볼트의 전기에 감전된 듯 머리털이 쭈뼛해지며 온몸의 신경이 곤두섰다. 혹시 내가 뭔가 잘못했나, 머릿속으로 얼른 생각해 봤다. 그런데 엄마가 내 손을 잡으며 이렇게 말했다.

"민원, 이번 여름이 지나면 너도 6학년이 되잖아. 이제 어른이나 다름없으니 엄마가 너한테 할 얘기가 있어. 너도 알다시피 할아버지가 편찮으신 지 꽤 오래됐지? 할아버지는 '이레사'라는 표적 치료제로 병을 관리해 왔는데, 그 약에는 위를 상하게 하는 부작용이 있어. 이번에 할아버지가 위출혈로 입원하면서 겸사겸사 폐암의 진행 상황도 검사를 했거든. 오늘 결과가 나왔는데, 의사 선생님 말로는 할아버지가 약물에 내성이 생겨 버렸대. 그러니까 이레사라는 약이 이제 할아버지한테 효과가 없다는 뜻이야. 의사 선생님이…… 그러는데……."

엄마의 눈시울이 붉어졌다. 엄마는 잠깐 입을 다물었다가 결심했다는 듯 말을 이어 갔다.

"의사 선생님이 그러는데, 할아버지가 앞으로 길어야 6개월 정도 더 사실 수 있대. 가족들도 마음의 준비를 해야 한다고."

마음의 준비? 그게 무슨 뜻이지? 할아버지가 6개월 뒤에 돌아가신다는 사실을 미리 알면, 돌아가신 뒤에 우리가 슬프지 않을 거란 뜻인가? 머릿속이 펑, 하고 폭발해 버린 듯 나는 잠시 동안 멍해졌다.

"만약 할아버지가 우리 집에서 돌아가신다면, 겁나고 무서울 것 같니?"

아직 머릿속이 정리되지 않은 상태인데 엄마는 내게 또 다른 질문을 던졌다.

우리 집에서 누군가 죽는다면 무서울까? 나도 잘 모르겠다! 당장은 아무 생각도 할 수가 없었다. 몽둥이로 머리를 마구 얻어맞은 것처럼 눈앞이 캄캄해지면서 아찔했다. 뒤이어 머릿속에서 이런 화면이 스쳐 지나갔다. 할아버지가 반복해서 나를 공중으로 휙 들어 올렸다가 양손으로 받아 주고, 나는 끊임없이 까르르 웃는 장면. 그때가 몇 살이었는지 정확히 기억은 안 나지만 할아버지는 그렇게 나를 계속 허공으로 던져 올리다가 나중엔 목말을 태워 주곤 했다.

고개를 돌려 보니 엄마가 훌쩍이고 있었다. 할아버지가 우리 집에서 돌아가신다면 무섭고 두려울까. 정말로 모르겠다. 모든 상황이 너무나 순식간에 들이닥치는 바람에 나는 슬픔을 곱씹고 음미할 겨를조차 없었다. 하지만 지금 이 순간만큼은 비틀어 짜 놓은 수건처럼 가슴이 시큰거리고 먹먹했다. 난 아무 말 없이 엄마를 향해 고개를 가로저어 보였다.

엄마는 양팔로 나를 감싸 안으며 말했다.

"그래, 우리 앞으로 6개월 동안 할아버지를 꼭 행복하게 해 드리자!"

다음 날은 정오에 수업이 끝나는 수요일이어서 엄마 아빠와 함께 할아버지를 보러 병원에 갔다. 병원으로 가는 길에 엄마가 아빠에게 말을 건넸다.

"이따가 어머님 뵈면 얘기 좀 나눠!"

"당신이 하면 되잖아!"

아빠가 뚱한 얼굴로 대답했다.

"아무리 그래도 당신 어머니잖아!"

"내 어머니라면 아버지가 일찍 돌아가시길 바라면 안 되지. 지난 10년 동안 나도 참을 만큼 참았다고. 이제 와서 어머니랑 나랑 잘 지낼 수 있겠어? 그런 말은 집어치워!"

행여 아빠가 또 목에 핏대를 세워서 다른 사람들에게 눈총 받는 일이 생길까 봐 엄마는 곧바로 입을 다물었다.

병실에는 할머니와 임시 간병인이 있었다. 우리를 보고 깜짝 놀란 할머니는 엄마가 무어라 말을 꺼내기도 전에 얼른 몸을 돌려 가족 휴게실 쪽으로 나가 버렸다.

초점 없는 눈빛으로 침대에 누운 할아버지는 이따금 허공에서 무언가를 낚아채 입안에 집어넣었고 때로는 눈에 보이지 않는 누군가와 대화를 나눴다. 아빠 말로는 할아버지가 원래 경도 치매 증상, 그러니까 노인성 치매가 있었는데 최근 몸 상태가 안 좋아지는 바람에 '섬망'*이 나타나는 등 치매가 더 심해졌다고 했다.

어째서 치매에 걸리면 현실과 환상 사이를 왔다 갔다 하는 증상이 나타나는지, 난 이해가 잘 안 됐다. 아직 그런 것까지 다 이해할 만한 나이는 아니니까! 하지만 먼 훗날 언젠간 나도 할아버지처럼 될지 모를 일이었다. 얼마 전 사회 시간엔 담임 선생님이 교과서를 읽는데 미친 듯이 졸음이 쏟아져서 견딜 수가 없었다. 졸음과의 사투가 벌어진 와중에 별안간 내 눈앞에서 연필이 지우개를 향해 욕을 해대기 시작했다.

"이 사악하고 못 돼먹은 자식!"

그러자 지우개가 반격에 나섰다.

"하하핫! 감히 나 같은 천하무적에게 덤비다니……."

쨍강! 콸콸콸!

그렇게 둘 사이에 한 치의 양보도 없는 싸움이 막 시작된 찰나, 갑자기 머리에서 통증이 느껴졌다.

"아얏!"

어딘가에서 불쑥 등장한 손이 내 머리통에 날아든 것이다.

"장민원! 무슨 짓이야!"

선생님이 소리쳤다.

"수업 시간에 집중해야지, 딴짓이나 하다니! 저 뒤에 가서 서 있어!"

맹세컨대 난 절대 일부러 그러지 않았다. 그 순간 내 머릿속을 내 마음대로 할 수 없었을 뿐! 어쩌면 지금 할아버지도 그때의 나와 같은 상황이 아닐까?

---

* 충격적인 일을 겪거나 약물에 취하는 등의 자극으로 생기는 정신적 혼란 상태. 의식 저하, 주의력 감소, 무기력한 수면, 감정의 급격한 변화 혹은 정체 등의 증상을 보이며, 망상 또는 환각을 겪는 경우가 잦다. 치매 환자는 대뇌의 기능이 떨어지는 데다 신체적 질병에 따라 여러 종류의 약물을 투여하기 때문에 섬망이 곧잘 발생한다.

“아버지, 오늘은 누가 왔게요?”

아빠가 나를 가리키며 할아버지에게 물었다.

할아버지가 초점 없이 흐리멍덩하게 눈을 뜨자 병실 안의 모든 사람들은 이상하리만치 조용해진 상태로 할아버지의 대답을 기다렸다. 잠시 뒤, 할아버지는 얕은 한숨을 내쉬며 이렇게 대답했다.

“나 원 참! 지금 그걸 질문이라고 하는 게야? 쟤가 누군지도 못 알아볼까 봐?”

다들 안도의 한숨을 내쉬었는데 할아버지가 한마디 덧붙였다.

“아순, 너 왜 학교 안 가고 여기 왔니?”

“할아버지, 저 민원이에요! 저…….”

내가 대답을 하려 하자 아빠가 나의 머리를 쓰다듬으며 말렸다.

“괜찮아, 굳이 설명 안 해도 돼.”

순간 아빠의 눈빛이 어둡게 가라앉았고 나는 고개를 숙이며 그런 아빠의 모습을 못 본 척했다.

아빠는 잠시 간병인과 할아버지의 상태에 대해 이야기를 나눈 다음 나에게 말했다.

“민원, 우리 지하에 가서 뭐 좀 먹을까 하는데, 할머니한테 같이 가시겠냐고 여쭤볼래?”

얼른 할머니에게 뛰어가 아빠의 말을 전하자 할머니는 이렇게 대답했다.

“아빠한테 전해라, 할머니 안 간다고!”

다시 병실로 돌아와 할머니의 말을 전하자 아빠가 말했다.

"할머니한테 다시 여쭤봐. 올 때 먹을 것 좀 사다 드릴 테니 잡숫고 싶은 거 말씀하시라고."

난 또다시 쪼르르 할머니한테 달려갔고, 할머니가 대답했다.

"배 안 고프다. 너희들끼리 가서 먹어라!"

하지만 대답과 동시에 할머니의 배에선 꼬르륵하는 소리가 천둥처럼 요란하게 울렸다. 그런데도 할머니는 아무 일 없다는 듯 태연하게 행동했다.

"같이 가요! 같이 가요, 할머니!"

"안 간다니까. 아빠한테 가서 전해라, 할머니는 배 안 고프다고!"

나는 할머니가 '배 안 고프다'는 부분에 특히 힘을 주며 말한다는 사실을 이미 눈치챈 터였다. 할머니도 참, 속일 사람을 속여야지!

사실 난 이런 일에 이미 익숙했다. 어른들은 매번 싸웠을 때마다 나 같은 애들을 불러서 이쪽저쪽으로 앵무새처럼 말을 전하게 했다. 엄마랑 아빠도 마찬가지였다. 두 사람 모두 뻔히 거실에 앉아서 입만 열면 상대방의 말이 다 들리는데도 굳이 나를 불러 '민원, 아빠한테 가서 전해', '민원, 엄마한테 가서 전해' 하는 식이었다. 완전 짜증 난다.

전에 한번은 참다 참다 내가 폭발해 버렸다.

"엄마 아빠 두 사람이 직접 얘기하면 되잖아!"

그러자 엄마는 눈물이 그렁그렁한 얼굴로 나를 보며 대답했다.

"애들은 이해 못 하는 일이야!"

또 그 소리네! 사실 애들도 다 안다. 다 그놈의 자존심 때문 아닌가?

그렇게 할머니와 아빠 사이를 수차례 왔다 갔다 했더니, 처음엔 배가 고픈 줄 몰랐는데 나중엔 뱃가죽이 등에 달라붙을 지경이었다. 그런데 이번엔 엄마 차례였다. 엄마는 굳이 나를 대동하고선 다시 할머니에게 향했고 난 온몸에 힘이 빠져 쓰러지기 일보 직전이었다.

엄마는 가방에서 1000위안 지폐 묶음을 꺼내며 할머니에게 말했다.

"어머님, 이거 받으시고 나중에 필요한 데 쓰세요."

"기껏 키워 놓은 아들한테 이런 대접이나 받고 있는데, 돈이 다 무슨 소용이냐? 도로 가져가라!"

할머니는 엄마에게 눈길 한 번 주지 않고 쏘아붙였다.

"그래도 넣어 두세요! 아버님께 필요한 것도 좀 사시고요."

"그럼 간병인한테 갖다줘라. 난 너희들 돈은 단 한 푼도 받지 않을 생각이니까!"

할머니의 표정은 북극 빙산보다 훨씬 더 냉랭했다.

하는 수 없이 엄마와 나는 병실로 돌아가 간병인에게 돈을 맡겨 두었다. 그런데 우리가 지하에 도착하기도 전에 간병인이 엄마에게 전화를 걸어 왔다. 할머니가 돈을 냉큼 가져가며 이렇게 말했다는 것이다.

"이거 자네한테 주는 팁 아니야!"

제1막
다 함께 연극 한바탕

토요일이었다. 특별 활동 수업을 마치고 집에 막 돌아왔는데, 갑자기 옆쪽에서 누군가 튀어나오며 소리를 질렀다.

"받아랏, 나의 천년 똥침*을!"

뒤이어 엉덩이에서 강렬한 통증이 느껴졌다.

"아얏!"

누구인지 확인할 필요도 없었다. 온 집안을 통틀어 이런 비열한 짓거리를 할 사람은 사촌 형 장카이원뿐이었다.

중학교 2학년인 사촌 형은 수세미라도 삼켰는지 잔뜩 쉰 목소리에다 얼굴은 온통 여드름과 블랙헤드로 뒤덮인 상태였다. 본인 스스로는 다 컸다고 생각했지만 정작 그 속은 유치하기 이를 데가 없었다. 걸핏하면

---

*   일본 만화 〈나루토〉의 등장인물인 카카시가 사용하는 '똥침' 기술. 우리나라에서는 '천년 죽이기' 또는 '천년 똥침'이라고 부른다.

양쪽 검지를 모아 내 엉덩이에 똥침을 날렸고, 그게 아니면 뒤통수를 때리며 나를 '상꼬맹이!'라고 불렀다. 형이 단단히 착각하나 본데, 우리는 고작 두 살 차이였다.

장카이원의 누나, 그러니까 나의 사촌 누나인 장팅원 역시 괴짜 기질이 다분했다. 열일곱 살로 올해 고등학교 2학년인 사촌 누나는 학교 연극 동아리에서 활동했다. 그리고 지난번 생애 최초의 무대 공연에서 죽은 사람 역할을 맡았다. 누나가 친히 초대장까지 보내오는 바람에 우리 식구들은 죄다 연극을 보러 갔었고, 나는 한 시간을 넘게 기다린 후에야 사람들 틈에서 스티로폼 칼을 휘두르며 이리저리 뛰어다니는 누나를 겨우 발견할 수 있었다. 얼굴조차 제대로 보이지 않았는데 심지어 그렇게 등장하자마자 쿵, 하는 소리와 함께 바닥에 쓰러지더니 죽어 버리고 말았다! 그다음 내용은 기억도 가물가물하다. 너무 지겨워서 꾸벅꾸벅 졸았으니까. 더 기가 막힌 일은 커튼콜 때 엄마가 나더러 무대에 올라가 누나한테 꽃다발을 전해 주라고 한 것이다. 꽃다발이 웬 말이냐고, 나오자마자 죽은 사람한테!

나중에 엄마는 이렇게 누나를 추켜세웠다.

"죽는 연기 정말 실감 나게 잘하더라."

엄마의 이런 칭찬이 난 도무지 이해가 안 됐다. 이런 거짓말을 자꾸 듣다간 본인이 정말 재능을 타고난 줄 착각해서 나중에 감독이 되겠다고 나설지도 몰랐다.

내가 보기에 우리 가족은 괴짜들의 집합소이다. 노년, 중년, 청년, 나이를 불문하고 죄다 특이한 사람들만 모였다.

노년의 괴짜는 당연히 할머니와 할아버지다.

할머니는 절약이란 단어를 제일 좋아했는데, 다시 말해 엄청난 구두쇠란 뜻이다. 할머니는 돈을 목숨보다 소중히 여겼다. 내가 어릴 땐 이런 일도 있었다. 어느 날 거실에서 책을 보던 중이었는데 갑자기 딸깍 소리와 함께 불이 꺼져 버렸다. 바로 할머니였다.

"할머니, 나 지금 책 본다고요!"

할머니는 아무 말 없이 식탁 의자 하나를 현관 밖 엘리베이터 앞으로 옮겨 놓더니, 나를 향해 손짓을 하며 특유의 타이완 표준어로 이렇게 말했다.

"민원! 여기도 불이 들어오잖니. 우리 집 전기 낭비하지 말고 앞으로는 책을 보거나 숙제할 땐 여기 나와서 해!"

그리고 이건 엄마한테 들은 얘기인데, 엄마는 신혼 시절 세탁기를 돌릴 때마다 할머니의 규칙을 따라야만 했다고 한다. 일단 처음 배출된 비눗물은 버려도 되지만 그다음부터는 물을 전부 모아서 다른 용도로 사용하는 것이 할머니의 규칙이었다. 그래서 엄마는 매번 긴장한 상태로 세탁기의 물을 사수하느라 온몸이 욱신거릴 정도였다. 한번은 시간을 제대로 맞추지 못해 세탁기의 물이 반 이상 하수구로 흘러가 버리자 할머니는 발을 동동 구르며 엄마를 호되게 꾸짖었다. 물을 낭비했다고 말이다. 엄마도 처음엔 감히 할머니의 말에 토를 달지 못했다. 하지만 시간이 어느 정도 지난 뒤에는 본인의 몸과 마음을 위해 할머니의 말을 한 귀로 듣고 한 귀로 흘려 버렸다. 그래서 할머니는 걸핏하면 씩씩대며 엄마에게 이런 말을 했다.

"너는 내 얘기를 귓등으로도 안 듣는 게냐!"

그다음은 할아버지다. 난 할아버지랑 꽤 오랫동안 함께 살았지만 할아버지를 어떤 사람이라고 말해야 할지 아직도 잘 모르겠다. 일단 이렇게 표현하면 어떨까! 할아버지는 마치 공기 같은 사람이라고. 목이 졸려 숨이 안 쉬어지는 상황이 닥쳐야만 비로소 깨닫게 되는 공기 같은 존재. 내가 어릴 때부터 최근까지 할아버지는 언제나 말없이 나랑 산책을 했고 내 숙제를 도와주었다. 할아버지는 말수가 극히 적었는데, 할아버지가 한 달 내내 했던 말을 다 합쳐도 할머니가 하루에 떠드는 것보다 적었다. 할머니가 화를 내며 잔소리를 퍼붓는 날이면 할아버지의 이런 성향은 더욱 두드러졌다. 엄청 흥분한 할머니가 침을 튀겨 가며 두 시간 내내 소리를 질러도 할아버지는 마치 목석처럼 꼼짝도 하지 않았다. 게다가 절대 할머니의 말을 맞받아치지도 않았다. 결국 싸우다 지친 할머니가 바람 빠진 풍선처럼 소파에 주저앉으면 할아버지는 그때서야 슬그머니 자리를 뜨는 식이었다.

중년의 괴짜는 우리 엄마다. 엄마는 항상 나더러 '정직한 사람'이 되라고 하면서 정작 본인의 말과 행동은 거짓투성이였다. 한번은 할머니가 폭탄 맞은 삼각김밥 모양으로 파마를 하고 와서는 나한테 괜찮아 보이냐고 물었다. 그래서 나는 정직하게 대답했다.

"완전 이상해요! 머리에 커다란 주먹밥을 올려놓은 것 같아요!"

그러자 엄마가 얼른 내 허벅지를 꼬집으며 웃는 얼굴로 할머니를 향해 이렇게 말했다.

"애들이 뭘 알겠어요, 어머님. 얘 말 신경 쓰지 마세요. 머리 참 예쁘게 잘됐네요!"

거참, 나를 뭐로 보고. 아무리 내가 어려도 그렇지, 예쁜 거랑 안 예쁜 것도 구분 못 할까 봐? 하지만 우리 엄마가 매우 똑똑하단 사실은 나도 인정할 수밖에 없었다. 엄마의 대답을 듣고 난 할머니는 그때서야 안심이 되었는지 더 이상 열심히 거울을 들여다보지도 않았고, 이것저것 질문을 하지도 않았기 때문이다.

또 하나의 괴짜 조합은 우리 아빠랑 큰아빠였다. 의사인 우리 아빠는 훤칠한 키에 몸집도 호리호리했고 매일 아침 말끔한 정장 차림으로 병원에 출근했다. 예전의 아빠는 몹시 점잖고 예의 바른 사람이었는데 할아버지가 암에 걸린 뒤부터는 점점 조바심을 내는 성격으로 변했고 감정의 기복도 심해졌다. 이와 반대로 큰아빠는 키가 겨우 150센티미터인 데다 자기 발도 내려다볼 수 없을 만큼 심하게 배가 나온 체형이었다. 1년 내내 다 해진 청바지에 남색과 흰색이 섞인 슬리퍼 차림이었고 상의 주머니엔 담뱃갑이 들어 있었다. 그리고 늘 빈랑*을 씹느라 입 주위에 붉은색 침이 고인 모습은 꼭 흡혈귀처럼 보였다. 예전의 큰아빠는 우렁찬 목소리에 말끝마다 육두문자를 달고 살았지만 최근 2년 사이 부쩍 과묵해졌다. 이렇듯 아빠와 큰아빠는 닮은 얼굴만 빼면 아무도 형제라는 사실을 믿지 않을 만큼 정반대였다.

---

* 종려나뭇과에 속하는 빈랑나무의 열매. 각성 효과가 있어서 중국과 타이완, 인도 등에서 술, 담배, 카페인 음료 같은 기호품으로 사용된다. 씹으면 빨간 즙이 나오면서 입 주위가 빨갛게 물든다.

가족들 얘기는 이쯤에서 끝내자!

오늘은 식구들이 죄다 모였는데 집 안 공기가 좀 이상했다. 그럴 만도 한 것이 일단 아빠와 큰아빠는 서로 경계하는 분위기가 역력한 채로 드문드문 말을 이어 가는 중이었고, 큰아빠와 할머니 사이 역시 별반 다르지가 않았다. 아빠와 싸운 뒤 할머니는 짐을 싸서 큰아빠네 집으로 갔지만, 할머니와 큰아빠 역시 별로 말을 섞지 않는 건 마찬가지였다. 이런 까닭에 집 안 공기는 그야말로 숨이 막힐 지경이었다!

큰아빠와 큰엄마는 원래 노점에서 옷 장사를 했었다. 하지만 장사가 잘되지 않자 큰엄마는 식당 종업원으로 취직을 했는데 큰아빠는 지금까지 별다른 직업 없이 하루 종일 빈랑만 씹으며 술에 취해 지내기 일쑤였다. 할아버지는 큰아빠네 경제 상황과 큰아빠의 건강에 대해 늘 걱정이 많았다.

한번은 아빠와 큰아빠가 전화로 크게 싸우던 중에 아빠가 이런 말들을 했다.

"형한테 아버지 약값 단 한 푼도 달라고 할 생각 없어. 하지만 일자리는 좀 찾아봐야 하지 않겠어?"

"일자리를 찾는 게 아버지한테 효도하는 길이라고!"

"걸핏하면 그 얘기잖아. 나는 공부를 잘해서 의사가 되었고, 돈도 쉽게 번다고. 그 소리 좀 그만하면 안 돼? 삶을 대하는 태도는 성적이랑은 전혀 상관없어. 내가 잘 살아 보려고 열심히 노력할 때 형은 뭐 했는데? 놀고먹으면서 술이나 마셨잖아!"

"그러고도 형이 남자야?"

결국 아빠는 고래고래 소리를 지르며 전화를 끊었다. 할머니와 아빠가 크게 싸우고 난 뒤의 일이었다.

내 생각엔 아무래도 우리 집 풍수에 문제가 있는 듯하다. 그게 아니라면 도대체 어른들은 왜 이렇게 매일 싸운단 말인가? 게다가 그 싸움의 시작도 하나같이 아주 사소한 일 때문이었다. 예를 들면 밥 좀 많이 먹어라, 옷 좀 따뜻하게 입어라, 이런 말은 할머니가 아빠한테 하는 잔소리였고, 절인 음식 좀 그만 사라, 작은 돈 몇 푼에 벌벌 떨지 마라, 이런 말은 아빠가 할머니한테 하는 볼멘소리였는데, 싸움은 꼭 이런 사소한 말에서 시작되었다. 무슨 말을 해도 죄다 싸움이 됐다.

할머니는 입만 열었다 하면 식구들을 혼내거나 잔소리를 했고 그게 아니면 울면서 본인의 팔자가 기구하다고 하소연했다. 하지만 이번 싸움은 지금까지와는 차원이 달랐다. 거의 1년 만에 온 가족이 모였으니 말이다!

마침내 모든 식구가 우리 집에 모여 앉은 자리.

팔짱을 낀 채 1인용 소파에 앉은 할머니의 잔뜩 주름진 얼굴은 꼭 파인애플 빵처럼 보였다. 다른 쪽 소파에 앉은 큰엄마는 초조한지 끊임없이 이리저리 자세를 바꾸는 중이었고 큰아빠는 말없이 베란다에서 줄담배만 피웠다. 옆에선 사촌 누나와 사촌 형이 악을 쓰며 말싸움 중이었는데 그 소리가 어찌나 시끄러운지 금방이라도 천장이 무너질 것만 같았다. 한쪽에선 열기가 뿜어져 나왔고 또 다른 쪽에선 냉기가 스멀스멀 새어 나와 거실 전체가 마치 사우나처럼 느껴졌다.

"민원, 이리 와!"

주방에서 과일이 담긴 쟁반을 들고 나오며 엄마가 말했다.

"자, 다들 이쪽에 모여 주세요. 민원 아빠가 가족들과 상의할 일이 있대요."

큰아빠가 담배를 끈 다음 큰엄마 옆자리에 앉았고 엄마는 사촌 누나와 사촌 형이 차지한 3인용 소파의 가운데 자리로 향했다. 사촌 누나가 엉덩이를 안쪽으로 살짝 옮기며 공간을 만들어 주었다. 무거운 표정으로 방에서 나온 아빠는 식탁 의자를 가져와서 티 테이블 앞에 자리를 잡았다. 때를 아는 자가 준걸*이란 말도 있듯, 이런 상황에선 낄 때 끼고 빠질 때 빠질 줄 알아야 했다. 나는 일단 빠지기로 결정했다.

방에 막 들어가려는데 엄마가 나를 불러 세웠다.

"민원, 너도 와서 앉아!"

"나도?"

나는 집게손가락으로 내 코를 가리키며 되물었다.

"그래, 와서 앉아. 오늘은 가족회의니까 너도 당연히 참석해야지!"

아빠가 대답했다.

"알겠어!"

나는 평소에 나만 사용하는 작은 의자를 가져와 구석에 쪼그리고 앉았다. 이럴 땐 반드시 구석 자리를 선택해야 했다. 태풍의 꼬리에 쓸려

---

* 식시무자위준걸(識時務者爲俊傑). '시대의 중대한 상황이나 객관적인 형세를 알 수 있는 자가 걸출한 인물이다'라는 뜻의 중국 속담.

가지 않으려면.**

"흠, 흠."

아빠가 목을 가다듬으며 입을 열었다.

"오늘 이렇게 모인 이유는……."

너무나 팽팽하게 날이 선 아빠의 목소리는 금방이라도 끊어질 것 같았다. 아빠는 다시 한번 헛기침을 하고는 말을 이어 갔다.

"지금 아버지가 입원 중이시고 간병인도 있으니까, 이참에 가족들에게 알려야 할 것 같아서 말이에요. 아버지가 표적 치료제를 드신 지 벌써 1년이 넘었는데, 의사 말로는 아버지가 약물에 내성이 생겼고……."

아빠의 말이 끝나기도 전에 할머니가 대뜸 끼어들었다.

"내가 진작 말하지 않았냐, 그 약 쓰지 말라고. 그렇게 내 말을 안 듣더니 돈만 낭비했구면."

그러자 아빠가 후, 하고 숨을 내뱉으며 자리에서 일어나더니 양손을 치켜들고 마구 소리를 지르기 시작했다.

"몇 번이나 말씀드렸죠. 저는 의사라고요! 눈앞에서 사람이 죽어 가는 상황을 어떻게 보고만 있겠어요! 게다가 그 사람이 내 아버지잖아요. 일말의 희망이라도 존재한다면 절대 포기 못 한다고요. 설령 전 재산을 쏟아부어야 한대도 전 그렇게 했을 거예요! 아시겠어요? 아시겠냐고요?"

** '태풍의 꼬리에 쓸려 간다'는 말은, 태풍이 다 지난 뒤에 몰아치는 비바람에 휩쓸리는 것처럼 좋지 않은 일을 당하거나 운이 나쁜 상황에 처하는 것을 뜻한다.

엄마가 얼른 나서서 아빠를 말렸다.

"진정해, 좀 진정하라고!"

큰엄마도 할머니의 팔을 잡으며 이렇게 말했다.

"어머님, 그런 말씀은 나중에 하시고요, 지금은 일단 서방님 얘기 먼저 들어 보세요."

잔뜩 화가 난 할머니는 흰자위를 번뜩이며 고개를 휙 돌리더니 아빠 쪽을 쳐다보지도 않았다. 깊게 심호흡을 한 아빠는 감정을 추스르곤 다시 의자에 앉아 세수하듯 손으로 얼굴을 문지르며 말을 이었다.

"주치의 말로는 아버지한테 앞으로 남은 시간이 대략 6개월 정도라네요. 다들 마음의 준비를 하라고 오늘 부른 거예요. 그리고 앞으로 시간 날 때마다 최대한 자주 아버지를 찾아뵈었으면 해요. 평생 고생만 하시다가 이제 겨우 편안히 노후를 보내시나 했는데…… 하필이면…… 그런 고통스러운 병에……. 내가 의사인데도 방법이 없다니…… 방법이……."

아빠의 목소리가 떨리기 시작했고 얼굴 근육이 점점 일그러지며 관자놀이에서 핏줄이 도드라졌다.

엄마가 얼른 곁으로 가서 아빠의 어깨를 쓰다듬었다.

"서방님이 얼마나 효자인지 우리도 다 알아요. 자책하지 마세요. 서방님이 그러시면 우리가 서방님 볼 낯이 없어요. 우리는 아무것도 못 해 드리고 지금껏 서방님이 아버님을 모셨잖아요. 정말 뭐라 드릴 말씀이 없네요."

큰엄마의 말에 엄마가 대답했다.

“형님, 그런 말 마세요. 당연히 저희가 해야 할 일이죠.”

그리고 엄마는 이렇게 덧붙였다.

“현재로선 아버님의 표적 치료제가 아무런 효과가 없대요. 소용도 없는 약을 괜히 먹는 셈이죠. 하지만 약을 중단하면 예민한 아버님께서 분명히 눈치채실 거예요. 시간이 얼마 남지 않았다는 사실을 말이에요. 가뜩이나 죽음을 몹시 두려워하시는데, 그렇게 되면 남은 시간을 절망적인 상태로 보내셔야 하잖아요.”

“당연히 약을 먹을 필요가 없지! 하루에 2000위안이라고! 2000위안을 물에 던지면 풍덩 소리라도 나지, 그 사람 배 속으로 들어가면 아무 반응조차 없단 말이다.”

할머니가 이렇게 말하자, 아빠가 대답했다.

“전 아버지가 계속 약을 드시는 쪽에 한 표예요. 아버지의 마음만 편해진다면 하루에 2000위안쯤 기꺼이 쓸 생각이에요.”

“너 제정신이냐? 그렇게 말을 해도 못 알아듣는구나. 2000위안이면 얼마나 많은 걸 살 수 있는데. 그 돈이면 가난한 집 며칠 생활비라고. 그런데 그 돈을 그냥 물에 갖다 던질 셈이냐?”

“또 돈 얘기예요? 어머니 머릿속은 그저 돈! 돈! 돈뿐이죠!”

아빠가 또다시 목에 핏대를 세웠다.

“다 너를 위해서라고!”

화가 머리끝까지 치솟은 할머니가 자리에서 벌떡 일어섰다.

“정말 감사하네요! 그런데 그러실 필요 없다고요!”

아빠의 목소리가 한 옥타브 높아졌다.

"뭐 이런 일로 싸우고 그래요?"

그때 사촌 형이 양손을 펼쳐 보이며 끼어들었다.

"어른들은 정말 머리가 안 돌아가. 할아버지한테 그냥 다른 약을 드리면서 원래 드시던 약이라고 하면 되잖아요! 그럼 비싼 약값도 절약하고 할아버지의 마음도 편해질 테고요!"

순간 모두의 눈이 휘둥그레졌는데 사촌 누나가 사촌 형을 째려보며 비아냥거렸다.

"와, 바보한테도 뇌가 있었네!"

"누가 바보야? 이 머저리가!"

사촌 형이 누나의 다리를 발로 걸어차자 누나 역시 곧바로 반격했고 두 사람은 티 테이블 아래서 한바탕 격전을 벌였다.

"카이원의 방법이 그럴듯하긴 한데, 도대체 뭐로 아버님의 약을 대신하지?"

엄마가 말했다.

뭐, 할아버지의 약이라고? 나는 바닥에 두었던 책가방을 끌어당겨 안에서 엠앤엠즈(m&m's) 초콜릿 봉지를 꺼내 손바닥 위로 조금 쏟았다. 그리고 색색의 초콜릿 중에서 커피색을 골라내 아빠 앞에 들이밀었다.

"아빠, 이거 할아버지 알약이랑 비슷하지 않아?"

"어, 정말 비슷하네! 크기도 딱 맞고!"

아빠는 여기까지 말하고는 갑자기 제정신이 돌아왔다는 듯 고개를 좌우로 흔들었다.

"하지만 이건 말도 안 되는 일이야!"

"와, 진짜 끝내준다! 꼭 '이묘환태자'* 얘기 같네. m&m's 초콜릿을 약으로 둔갑시키다니, 완전 창의력 쩔어! 상꼬맹이, 그거 한 알만 이리 줘봐!"

물론 지금 이 상황이 웃고 떠들 만한 자리가 아니라는 사실은 나도 충분히 알고 있었다. 할아버지의 살날이 겨우 반년밖에 남지 않았다니, 나도 무척 괴롭고 속상하긴 마찬가지였다. 하지만 정말 희한하게도 사촌 형이 무슨 말만 했다 하면 나는 그걸 몹시 못마땅해하면서도 거절하지 못했다. 하는 수 없이 나는 초콜릿 한 알을 꺼내 거실 한쪽의 사촌형을 향해 던졌다.

그런데 아뿔싸! 빗나가 버릴 줄이야! 빨간색 초콜릿은 정확히 큰아빠의 얼굴을 향해 날아가고 말았다. 바로 그 순간, 철썩 하는 소리와 함께 어디선가 나타난 손바닥 안으로 초콜릿이 쑥 빨려 들어갔다.

"봤지?"

사촌 형이 의기양양한 목소리로 외쳤다.

"내가 없는 말 하는 사람이 아니라니까. 이래 봬도 초딩 때 야구부에서 제일 잘나가는 포수였다고!"

"카이원, 얌전히 굴지 못해?"

큰아빠가 낮은 목소리로 꾸짖었다.

---

* 狸猫換太子. 중국 송나라 진종 황제의 후궁인 이씨가 아들(훗날 인종 황제)을 낳았는데, 이를 질투한 황후 유씨가 가죽을 벗긴 살쾡이와 아이를 바꿔치기한 다음, 그 아이를 자신이 낳은 아들이라고 거짓으로 꾸몄다는 이야기다. '자신도 모르는 사이에 무언가 바뀐 상황'을 빗대어 사용하는 말이다.

엄마 역시 나를 노려보았고 나는 눈치 빠르게 얼른 몸을 움츠리며 고개를 숙였다.

"하⋯⋯."

아빠가 혼자 한숨을 내뱉었다.

"m&m's라니, 이거 정말 너무 괴상망측한 방법 아니야?"

"뭐가 괴상망측해요? 괴상한 쪽은 바로 어른들이라고요! 의견을 내 보래서 말했더니, 이젠 또 진지하지 않다고 뭐라 하잖아요. m&m's면 어떻고 w&w's면 어때요? 문제만 해결하면 되는 거 아니에요?"

사촌 형이 투덜거렸다.

"한 대 맞고 싶어? 말하는 버르장머리가 그게 뭐야!"

큰아빠가 거친 말로 사촌 형을 혼내려는 찰나, 할머니가 그 틈을 놓치지 않고 얼른 쏘아붙였다.

"잘들 한다! 어른들부터 버르장머리가 없으니 애들이 그대로 보고 배우는 게지!"

큰아빠의 얼굴이 순간 딱딱하게 굳었다. 큰아빠는 휴, 하고 숨을 내쉬며 자리에서 일어나 베란다 쪽으로 걸어가려 했다.

분위기가 심상치 않음을 감지한 엄마가 손을 휘휘 내저으며 말했다.

"아주버님, 자리에 앉아서 말씀하세요. 다들 화만 내지 마시고요! 약 문제는 나중에 의논하기로 하고, 일단 다른 얘기부터 해요. 지금 당장 우리가 할 수 있는 일은 아버님이 남은 반년 동안 여한 없이 기쁜 마음으로 지내시도록 돕는 거예요!"

엄마는 잠깐 말을 멈추었다가 이렇게 덧붙였다.

"가족 모두의 의견을 듣고 싶어요. 어쨌든 가족회의니까 각자의 의견을 솔직히 말해도 괜찮잖아요."

갑자기 거실이 조용해졌고 마치 찌릿한 전류가 흐르듯 내 심장 박동이 빨라졌다.

"나 말해도 돼요?"

나는 팽팽한 고무줄에 뒤통수를 맞은 사람처럼 번쩍 손을 들며 말했다. 도대체 어디서 그런 용기가 나왔는지 나조차도 알 수가 없었다.

말을 꺼내자마자 열네 개의 눈동자가 일제히 나에게로 쏠렸다. 온몸의 털이 쭈뼛 서는 느낌이었고 어디 쥐구멍이라도 숨고 싶은 기분이 들었다.

"민원, 하고 싶은 말이 있니?"

엄마가 물었다.

이런 바보 멍청이 같으니! 이런 상황에서 나 같은 애들은 그냥 잠자코 자리나 지키면 될 일인데 뭣 하러 끼어들었을까! 내 머리통을 한 대 쥐어박고 싶은 심정이었지만 손까지 번쩍 들어 버린 마당에 말을 안 할 수도 없는 노릇이었다.

"민원, 얼른 말해 봐!"

엄마가 재촉했다. 모두의 눈빛이 마치 기관총처럼 나를 겨냥했다.

나는 잠시 망설이다 용기를 내어 입을 열었다.

"그러니까…… 내가 알거든요. 할아버지가 마음속으로 항상 안타까워했던 일이 뭐였는지. 전에 할아버지가 나한테 이렇게 물었어요. 왜 우리 가족들은 만나기만 하면 싸우느냐고, 어째서 화목하게 못 지내느냐고요."

나는 이 말이 불러일으킬 후폭풍을 미처 예상하지 못했다.

갑자기 분위기가 싸해졌고 내 말이 끝나자마자 모두의 얼굴이 어두워졌다.

주위를 힐끔 살피더니 아빠는 그거 보라는 표정으로 할머니를 바라보았고, 할머니는 큰아빠를 향해 못마땅한 시선을 보내고 있었다. 큰아빠는 마치 눈빛으로 '네가 잘났으면 얼마나 잘났는데'라고 말하듯 아빠를 째려봤고, 사촌 누나와 사촌 형 역시 허공에서 눈싸움을 벌이는 중이었다. 그리고 잠시 뒤, 모두가 금방이라도 나를 잡아먹을 듯 노려보았다.

"그러니까……."

아아…… 난 이제 끝장이다! 엄청난 개미 떼가 발바닥에서 시작해 가슴팍을 지나 이마로 옮겨 가며 나를 갉아먹는 기분이었다. 당장 떼어 내고 싶었지만 어디부터 긁어야 할지 알 수가 없었다.

그때 아빠가 깊게 숨을 들이마셨다. 생각을 정리하려는 의도인지 찜찜한 기분을 곱씹는 중인지 몰라서 난 그저 아빠의 눈치만 살폈다.

그리고 아빠가 나를 향해 레이저광선 같은 눈빛을 발사하는 바람에 내 얼굴은 양 볼부터 귓불까지 새빨개지고 말았다.

목을 움츠리고 허리를 굽혀 온몸을 최대한 축소한 상태로 나는 다시 작은 의자에 몸을 파묻었다.

"깨진 거울은 다시 이어 붙여도 깨진 거울이야. 우리 가족은 화목해질 수 없다고!"

아빠의 목소리였다.

"그래! 자식들이 죄다 불효자인데 어떻게 화목해지겠냐? 개는 귀여워하면 부뚜막에 기어오르고, 자식은 애지중지하면 불효자가 된다더니! 내가 평생을 그렇게 고생고생해서 키워 놨더니, 어쩜 둘 다 똑같이 나를 투명 인간 취급하는구나. 하늘이 내려다보는데 너희들은 양심도 없냐? 내 팔자도 참, 어찌 이리 박복한지! 내 보기엔 오늘 가족회의는 아무짝에도 소용이 없다. 너희 아버지의 소원은 절대 이뤄질 리가 없으니 말이다. 어차피 사람은 죽을 텐데, 여한이 있든 말든 무슨 상관이냐!"

할머니의 목소리는 마치 톱날처럼 날카로웠다.

큰아빠가 또다시 휴, 하고 한숨을 내쉬며 벌떡 일어서자 큰엄마가 큰아빠의 소매를 잡아당기며 말렸다.

"그러지 말고 좀 앉아!"

"이런 얘기 계속 들어야 해?"

"아주버님, 진정하시고 하실 말씀 있으면 좋게 얘기하자고요. 아버님부터 생각해야죠, 제발요!"

엄마가 두 손을 모으며 애원하다시피 말했다.

아빠의 상태도 별반 다르지 않았다. 필사적으로 심호흡을 하는 아빠의 가슴팍이 마치 풀무질하듯 오르락내리락했고 양 볼은 아이언맨처럼 딱딱하게 굳어 버린 듯했다. 꽉 깨문 입술에는 붉은 핏자국이 배어 있었고 한껏 힘이 들어간 주먹은 미세하게 떨렸다. 모두의 얼굴이 지뢰라도 밟은 듯 폭발하기 직전이었다.

그때 사촌 누나가 느닷없이 입을 열었다.

"다들 진심으로 사이좋게 지낼 필요는 없다고요!"

"그게 무슨 말이야?"

큰엄마가 물었다.

"모두 다 함께 한바탕 연극을 하면 돼요! 관객은 오직 할아버지 한 명 뿐이고요."

"정신 나갔네. 무슨 말도 안 되는 소리야!"

사촌 형은 누나를 한 번 쏘아보더니 꼬고 앉은 다리를 달달 떨며 대 꾸했다.

"네가 연극 공연을 하고 싶어서 아주 안달이 났구나!"

큰엄마였다.

"이번엔 배우가 아니라 감독을 할 생각이야!"

누나의 눈이 반짝였다. 양 손바닥을 가슴팍에 포개 놓고 말하는 모습 이 꼭 금마장* 최우수 감독상이라도 수상한 사람 같았다.

"완전 미쳤네!"

사촌 형이 한마디 했다.

"안 미쳤어. 나 말고 여기 모인 사람들이 다 미친 거지."

누나는 겁도 없이 집게손가락으로 어른들을 가리키며 말했다.

"모두가 화목하게 지내는 것이 할아버지의 바람이란 사실을 알게 됐 으면서, 다들 지금 본인 입으로는 그 사실을 인정하지 않잖아요. 할아 버지의 바람을 들어주고는 싶지만 서로에 대한 원망을 내려놓기는 싫

---

*   金馬獎. 타이완에서 열리는 영화제의 명칭.

은 거죠. 각자의 마음속 깊은 곳에 모순만 가득하고요. 다들 마음이 병
들어서 그래요!"

"간이 배 밖으로 나왔구나. 지금 우릴 가르치려고 작정했니?"

큰아빠가 사촌 누나를 향해 소리를 질렀다.

"도대체 집안 꼴이 어떻게 되려고 이래? 어린애가 아주 판을 벌이고
불난 집에 부채질을 하네!"

큰엄마가 큰아빠를 말리며 누나를 혼내자 할머니가 흥, 하며 냉소적
으로 콧방귀를 뀌었다.

"할 말 있으면 하라며. 그래서 본심을 말했을 뿐이라고."

사촌 누나는 손톱만큼도 주눅 들지 않고 끝까지 대꾸했다.

"누나 용감한 거 인정! 완전 인정!"

사촌 형이 누나의 어깨를 두드리며 말했고, 한 명의 지지자가 생긴
누나는 작심한 듯 일장 연설을 늘어놓기 시작했다.

"어른들은 꼭 이런 식이에요. 사랑하면서 동시에 미워하고 또 감히
속마음을 털어놓지도 못하죠. 모두가 전생의 인연으로 가족이 됐는데
어째서 이렇게 서로 싸우고 상처를 주느냐고요. 이왕 이렇게 된 거, 지
금 당장 연극이라도 해서 할아버지가 마음 편하게 가실 수 있도록 해
드리는 게 어때요? 그런 다음에 다시 싸우면 되잖아요! 병원에 누워 계
신 지금 이 순간에도 가족들이 이렇게 싸운다는 사실을 할아버지가 알
게 돼 봐요. 얼마나 상심하시겠어요!"

사촌 누나는 가슴 앞에 양손을 교차한 자세로 얼굴이 벌겋게 달아오
를 때까지 열변을 토했다.

"맞는 말이에요!"

사촌 형이 고개를 치켜들더니 누나의 전투 대열에 동참했다.

"비록 제가 누나랑 말다툼을 하긴 해도, 나중엔 결국 다시 사이가 좋아진다고요. 아무리 심하게 싸우더라도 누나가 내 누나라는 사실은 인정하니까요. 하지만 우리 집 어른들은 어때요? 하루도 거르지 않고 매일같이 싸워 대잖아요! 도대체 그 싸움이 끝나기는 하나요?"

어른들은 꿀 먹은 벙어리처럼 그저 사촌 형의 말을 듣기만 할 뿐이었다. 찌르륵찌르륵, 어디선가 들려오는 벌레의 울음소리만이 잡음처럼 퍼져 나갔다.

모두가 말을 잇지 못한 채…… 적막한 공간에…… 무거운 침묵이 흘렀고…….

가족회의는 그렇게 끝이 났다.

제2막
무대에 오른 '보기 좋은' 연극

할아버지가 퇴원하는 날이었다. 나는 수업이 끝나자마자 서둘러 집으로 출발했다. 심지어 친구 류제이가 스네이크보드를 같이 타자고 했는데도 거절했다. 허겁지겁 집으로 막 들어서는데 갑자기 나타난 엄마가 나를 가로막는 바람에 하마터면 앞으로 넘어질 뻔했다.

엄마는 집게손가락을 입 앞에 대며 말했다.

"쉿, 조용히 해. 할아버지 주무셔."

나는 까치발로 살금살금 할아버지 방으로 걸어가 살짝 문을 열어 보았다.

커튼이 내려진 어둑어둑한 방 안, 침대에 누운 할아버지의 모습이 눈에 들어왔다. 평소 할아버지가 주무실 땐 드렁드렁 코 고는 소리가 났는데 오늘은 어찌 된 일인지 이상하리만치 조용했다. 이불 아래로 할아버지의 가슴이 힘없이 규칙적으로 올라갔다 내려가길 반복했다.

아빠가 문을 등지고 할아버지의 침대 옆에 앉아 있었다. 왼손에 얼굴

을 문 채 오른손으로 할아버지의
손을 꼭 잡은 아빠는 손가락 끝으로
할아버지 손의 뼈마디를 어루만졌다.
그러다가 어느새 아빠의 어깨가 미
세하게 떨리기 시작했다. 그 장면
을 본 나는 온몸이 굳어 버린 것
처럼 꼼짝도 할 수가 없었고 숨
소리조차 몹시 조심스러워졌
다. 그리고 그 순간 비로소 보게
되었다. 아빠 어깨 위에 얹힌 천근만
근의 무거운 책임감을. 그 책임감 때문에
아빠의 허리가 더 굽어 보였고 구레나룻 근
처의 흰머리 몇 가닥도 새삼 더 희끗희끗하
게 느껴졌다.

아빠는 아주 오랫동안 그 자리를 지켰다. 이어졌다 끊어지길 반복하
며 방 안에서 새어 나오는 흐느낌 소리가 내 가슴속으로 파고들었다.
지금 아빠는 망망대해를 홀로 떠도는 나룻배처럼 암담한 심정인지도
몰랐다. 할아버지는 아빠의 하늘이었으니까. 아빠가 나의 하늘이듯 말
이다. 어느 날 갑자기 하늘이 무너져 버리면 어떻게 해야 할까?

어른들도 막막할 때가 있구나.

이틀 뒤, 상황은 조금 나아졌지만 할아버지는 여전히 기분이 좋지 않

았고 우울한 상태였다. 아빠는 안절부절못하며 할아버지에게 드시고 싶은 음식은 없는지, 어떤 티브이 채널을 보고 싶으신지 물었고 오래된 노래를 잔뜩 다운로드해서 할아버지에게 들려 드리는 등 이것저것 시도했다. 하지만 할아버지는 시종일관 침울한 표정이었고 식욕마저 없었다. 엄마가 할아버지를 위해 평소 제일 맛있게 드시던 생선회까지 사 왔지만 입에도 대지 않았다.

그렇게 며칠이 지나자 할아버지는 식음을 전폐하고 말문까지 닫아 버렸다.

사실 가족들은 다 알았다, 할아버지가 무슨 생각을 하는지. 할아버지와 할머니의 가장 큰 차이점은 무언가에 실망했을 때 가장 극명하게 드러났다. 할머니는 남들을 괴롭히면서 본인의 감정을 발산했고 할아버지는 그것을 혼자서 삭였다.

"아버님, 어디가 불편하세요? 저한테 말씀해 주시면 안 돼요?"

엄마의 물음에도 할아버지는 입을 꾹 닫은 채 엄마의 얼굴을 쳐다보지도 않았다.

"아버님!"

엄마가 목소리를 조금 높이며 말했다.

"말씀 좀 해 보세요!"

할아버지는 아무 말도 없이 초점 없는 눈빛으로 앞쪽만 바라보았다.

"아버님! 제가 뭐 잘못했어요? 말씀 좀 해 주세요! 이러지 마시고요."

할아버지는 이따금 눈만 깜빡일 뿐 여전히 아무런 대답이 없었다.

애가 탄 엄마는 이미 식어 버린 죽 그릇을 들고 할아버지 앞에서 반쯤 울먹이며 소리쳤다.

"아버님, 왜 이렇게 자신을 학대하세요? 저희가 아버님을 위해 할 수 있는 건 다 하고 있는데, 이러시면 안 된다고요!"

엄마가 흐느꼈다.

"저도…… 저도 다 알아요. 아버님께서 무슨 생각 하시는지. 하지만 아버님…… 아버님도 저희 심정 좀 헤아려 주시면 안 되겠어요? 아버님께서 이러시면 아범 마음이 얼마나 아프겠어요? 저는요…… 제 마음은 또 어떻고요!"

엄마는 고개를 숙인 채 흐르는 눈물을 계속해서 닦았다. 엄마가 할아버지에게 큰소리를 내는 모습을 나는 난생처음 보았다.

바로 그때, 할아버지가 마치 죽음에서 부활하는 사람처럼 몸을 움찔거렸다. 그러고는 바싹 말라 쭈글쭈글한 손을 내밀어 엄마를 붙잡았다.

"착한 것 같으니라고. 이건 너랑은 아무 상관 없는 일이다! 어찌 됐든 나랑 애들 엄마는 평생을 같이 산 부부 아니겠니. 그 사람 좀 집으로 오라고 해라!"

할아버지는 긴 한숨을 내쉬며 살짝 고개를 젓고는 이렇게 말했다.

"배가 고프구나!"

엄마가 얼른 숟가락을 들어 할아버지에게 죽을 떠 드리자 할아버지는 순순히 받아 드셨다. 동시에 엄마의 뺨 위로 눈물이 방울방울 흘러내렸다.

저녁에 학교 알림장을 아빠에게 보여 주며 사인을 해 달라고 했다.

'장'이라고 한 글자만 적으면 되는데 아빠는 한참이나 뜸을 들였다.

그러더니 갑자기 펜을 내려놓으며 나를 향해 이렇게 물었다.

"네 생각은 어떠니? 아빠가 과연 할머니, 큰아빠와 사이좋은 척을 하면서 할아버지를 속여야 할까?"

"아빠, 아빠가 머뭇거리는 진짜 이유는 할아버지를 속여야 해서가 아니라 할머니랑 큰아빠를 마주하고 싶지 않아서 아냐?"

내 말에 아빠는 별다른 반박을 하지 않았다.

"아빠가 항상 그랬잖아. 매사에 뭐가 더 중요하고 뭐가 덜 중요한지 잘 따져 봐야 한다고. 지금 같은 상황에선 뭐가 '중요'하고 뭐가 '덜 중요'하겠어?"

그러자 아빠가 쓴웃음을 지으며 내 머리를 쓰다듬었다.

"우리 민원 다 컸네. 아빠가 우리 아들을 어리다고 너무 얕봤어."

아빠는 곧장 웃음 띤 얼굴로 할머니에게 전화를 걸어 집으로 돌아오시라고 말했고, 큰아빠에게도 다음 달 할아버지 생신에 축하 자리를 마련할 테니 식구들과 함께 오라는 말을 전했다.

바로 다음 날, 할머니는 기세등등한 모습으로 집에 돌아왔다.

할머니의 목소리가 들리자마자 할아버지는 쇠약한 몸을 일으켜 비틀비틀 방에서 걸어 나왔고 화색이 도는 얼굴로 할머니의 짐 가방

을 받아 주려고 손을 내밀었다.

"관둬! 이 양반이 미쳤나 봐! 자기 몸도 제대로 못 가누면서."

할머니는 이렇게 말하며 할아버지를 부축해 방으로 들어갔고 엄마가 얼른 할머니에게 다가가 짐 가방을 받아 들었다.

그날 이후부터 화목한 대화합이라는 가짜 이미지 연출을 위해 엄마는 나를 선봉에 내세웠다. 내 동의도 받지 않은 채, 학교에서 열리는 '조부모님과의 정다운 하루' 행사에 나와 할아버지, 할머니의 참가 신청을 덜컥 해 버린 것이다.

행사는 토요일이었다. 나는 깐깐한 할머니랑 그런 행사에 참여하는 일이 정말로 내키지 않았지만 바이올린 학원을 하루 빠져도 된다는 것을 나름 위안으로 삼았다.

행사 당일, 할아버지와 할머니 그리고 엄마까지 포함해 우리 네 사람은 위풍당당한 모습으로 길을 나섰다. 교문에 들어서자마자 같은 반 뤼쯔이와 마주쳤는데 그야말로 잔뜩 신난 그 아이의 표정이 난 도무지 이해가 안 됐다. 뭐가 그리 좋을까. 이런 행사는 저학년 꼬맹이들이나 참가하는 건데.

나의 예상은 결코 빗나가지 않았다. 행사는 내내 노래하고 춤추는 것도 모자라, 할아버지나 할머니의 성함을 맞힌 학생에게 시양양* 스티커를 나눠 주는 식이었다. 이런! 난 이제 6학년인데, 이딴 유치한 선물이 웬 말이냐고! 난 질문에 대답할 생각이 눈곱만큼도 없었지만 할머니는

* 喜羊羊. 중국 애니메이션에 등장하는 주인공. 우리나라의 '뽀로로'만큼 인기 있는 캐릭터다.

어서 손을 들라며 자꾸 내 등을 떠밀었다. 엄마를 향해 살려 달라는 눈빛을 보내 봤지만 엄마는 나 몰라라 하며 못 본 척하더니 카메라를 들고 이리저리 각도를 바꿔 가며 사진을 찍어 댔다.

행사 중 가장 어이없었던 것은 조부모와 손자가 한 팀을 이루어 하는 경기였는데, 손자 한 명이 세 명의 할아버지 혹은 할머니를 등지고 서서 손만 만져 보고 자신의 조부모를 알아맞히면 이기는 게임이었다. 나는 할아버지와 함께 나가고 싶었지만 할머니가 이렇게 말했다.

"할아버지는 지금 기운이 없으니까 자리에 앉아 있는 편이 낫겠다. 내가 함께 나가 주마."

그러자 할아버지도 옆에서 거들었다.

"그래, 어서 나가! 할아버지는 귀가 잘 안 들리잖니. 할머니랑 같이 참가하려무나."

사실 그건 할아버지의 핑계일 뿐이었다. 내가 보기에 할아버지는 그저 구석 자리에 앉아 이 떠들썩한 분위기를 즐기고 싶어 하는 듯했다.

할머니는 다른 참가자들과 마찬가지로 태연하게 무대 앞으로 걸어 나갔다. 그런데 내 옆으로 쓱 다가온 할머니가 마치 탐정 영화의 스파이처럼 입을 씰룩이며 작은 목소리로 이렇게 속삭였다.

"잘 들어. 이따가 손을 만질 때 할머니가 살짝 신호를 줄 테니 바로 맞히면 돼!"

"안 돼요! 그건 속임수잖아요!"

내가 놀란 토끼 눈을 하고 고개를 쳐들었지만 정작 할머니는 미소 띤 얼굴로 태연히 앞쪽만 바라보았다. 할머니는 입술을 얇게 오므리곤 목을 살짝 움츠리더니 꼭 복화술을 하는 사람처럼 오물오물 대답했다.

"상관없어! 그래야 이길 거 아니냐!"

"그렇게 이겨서 뭐 하게요? 그냥 게임일 뿐이라고요."

"조용히 해! 사람들이 보잖아!"

할머니가 서둘러 자리를 잡으며 말했다.

무대에 올라서자 내 뒤에 세 명의 할머니가 자리를 잡았는데 그중 한 명은 뤼쯔이의 할머니였다. 아아, 인생은 정말이지 시련의 연속이군! 나는 뒤쪽으로 손을 뻗어 첫 번째 손을 잡았다. 통통하고 부드러운 손이었는데 손바닥이 컸고 손마디가 굵었다. 중요한 건, 첫 번째 손은 그저 내 손을 가볍게 잡기만 했을 뿐 별다른 신호가 없었다는 사실이다. 두 번째 손 역시 통통하고 부드러웠는데 손바닥이 두꺼웠고 손가락은 길쭉했다. 그런데 손을 막 떼려는 순간, 두 번째 손이 손가락 끝으로 내 손바닥 한가운데를 콕콕 눌렀다. 나는 속으로 생각했다. 빙고! 이 손이 할머니 손이구나. 이미 정답을 알아 버린 나는 당연히 세 번째 손은 자세히 만져 볼 생각조차 없었다. 그런데 전혀 예상치 못한 일이 벌어질 줄이야. 세 번째 손이 내 손을 잡으면서 손등을 살짝 꼬집는 게 아닌가. 어라, 지금 이 상황은 도대체 뭐지! 왜 두 사람이 동시에 나한테 신호를 보냈을까?

사회를 보던 선생님이 애써 귀여운 목소리를 내며 나에게 물었다.

"이번 친구는 어느 분이 할머니라고 생각하나요?"

나는 식은땀을 흘리며 마구 머리를 굴렸다.

2번인가? 아니, 3번인가? 아니, 2번인가? 아냐, 아냐, 3번? 아니야, 아닌 것 같아…….

결국 나는 이를 악물고 이렇게 대답했다.

"3번요."

이어서 정답을 말하는 선생님의 목소리가 들렸다.

"땡, 틀렸습니다!"

얼른 고개를 돌렸더니 붉으락푸르락한 얼굴로 가운데에 자리한 할머니가 보였다.

할머니는 완전히 똥 씹은 표정으로 자리에 돌아와 앉았고 나는 꼭 할머니에게 똥을 먹인 죄인이 된 기분이었다. 그때 옆자리의 어떤 할머니가 위로의 말을 건넸다.

"괜찮아요! 요즘 애들이 어디 할머니 할아버지랑 그렇게 친하게 지내나요. 앞으로 자주 손을 잡아 주면 다음엔 금방 맞히겠죠!"

이게 무슨 위로라고, 차라리 아무 말 하지 않는 편이 나을 텐데. 할머니는 매서운 눈빛으로 나를 쏘아보며 또다시 복화술을 하듯 작은 목소리로 이렇게 내뱉었다.

"너 일부러 그랬니?"

"아니에요! 세 번째 할머니가 내 손등을 꼬집었단 말이에요. 그래서 헷갈렸다고요!"

나도 작은 목소리로 대답했다. 목소리를 낮추려다 보니 꼭 누군가가 목구멍을 꽉 조르는 느낌이었다.

"거짓말 작작 해라. 그 할망구가 뭣 하러 네 손등을 꼬집어?"

나도 억울해 미칠 지경이었다. 아무리 설명한들 할머니에게는 통하지 않을 테니 말이다. 바로 그때 상황을 알 리 없는 엄마가 눈치 없이 카메라를 들이대며 끼어들었다.

"자, 자, 좀 웃으세요!"

"아버님, 이쪽 가운데 앉으세요. 세 사람 다 같이 한 장 찍어요!"

그날 찍힌 사진을 보면 할아버지는 입이 귀에 걸릴 정도로 활짝 웃는 얼굴이었지만 나와 할머니는 꼭 마조신* 옆에 서 있는 천리안과 순풍이**처럼 보였다. 폭발하기 직전의 할머니는 눈을 어찌나 부릅떴는지 당장이라도 눈알이 굴러떨어질 것만 같았고, 나는 잔뜩 골이 나서 양쪽 귀가 꼭 빨간 양념에 볶은 돼지 귀처럼 나왔다.

---

* 도교의 여러 신들 중 하나로, 바다의 여신 혹은 항해의 수호 여신으로 불린다. 천리안(千里眼)과 순풍이(順風耳)를 시종으로 거느렸다고 전해진다.

** 천리안과 순풍이는 각각 뛰어난 시력과 청력을 지닌 신이다. 도교 사원의 대문 입구에는 이들의 상이 서 있다. 불교 사찰 입구에 있는 사천왕상과 비슷하다.

제3막
이묘환태자

침대에 앉은 할아버지가 샤오룽바오처럼 오만상을 짓더니 이를 악물고 쇳소리를 내며 소리쳤다.

"나 다리 다쳤어!"

"할아버지, 다리가 왜요? 많이 아프세요? 엄마한테 얼른 약 가져오라고 할게요!"

이렇게 말하며 얼른 할아버지의 바짓단을 들어 올렸는데 아무리 살펴봐도 상처 난 곳은 없었다.

"할아버지, 다친 데가 어디예요?"

"나뭇가지에 찔렸어. 가서 우리 형 좀 불러와 줘. 집에 가야 한단 말이야."

"집에 가신다고요?"

그때 할머니가 방으로 들어오며 나에게 말했다.

"할아버지 말 신경 쓸 거 없다! 이 양반이 또 정신이 나갔나 보네!"

"형은 지금 구아바 농장 저쪽 편에 있을 거야. 빨리 와서 나 좀 업고 가라 해. 농장 주인이 오면 우리 둘 다 큰일 나. 잡히면 흠씬 두들겨 맞는다고. 게다가 엄마한테 고자질이라도 하는 날엔 곧바로 몽둥이찜질 신세야. 빨리! 당장 가서 우리 형 좀 불러와!"

"알겠어요. 바로 불러올게요. 그런데 형님이 어떻게 생겼어요?"

"이놈아, 지금 할아버지 정신이 오락가락하는데 뭘 또 장단을 맞춰 주고 있어? 그 형님이란 사람도 이미 정신이 온전치 못하다고!"

할머니는 손가락으로 관자놀이를 누르며 표준어와 타이완 사투리를 섞어서 말했다.

할아버지의 치매에 대해서는 이미 할머니한테 귀에 딱지가 앉을 정도로 들었다. 하지만 난 이렇게 생각했다. 할아버지는 도라에몽처럼 '어디로든 문'을 통해 시공을 넘나들며 과거와 현재를 오고 갈 뿐이라고, 그래서 보통 사람들은 할아버지의 이런 행동을 이해하기 어렵다고 말이다. 나 역시 할아버지를 전부 이해하진 못했지만 어쩌면 일흔두 살의 할아버지에겐 정말로 만능 주머니*가 있는지도 몰랐다.

나는 할아버지의 부탁을 들어줄 생각이었다. 그래서 얼른 몸을 돌려 방 밖으로 나간 다음 날개처럼 양팔을 쭉 뻗은 자세로 거실을 한 바퀴 빙 돌았다. 뒤이어 내 방과 안방에 차례로 들락거리며, 이런 식으로 온 집 안을 두 바퀴 훑은 다음 헉헉대며 할아버지에게 다가갔다.

---

* 일본 만화 캐릭터 '도라에몽'의 가슴팍에 붙어 있는 주머니. 온갖 보물(혹은 신기한 발명품)을 넣어 둘 수 있다.

"제가······ 제가······ 여기저기 다 찾아 봤는데 형님은 안 보여요. 일단······ 헉헉······ 우리 집에 가서 상처부터 치료하면······ 헉헉······ 어때요?"

그러자 할아버지는 세차게 고개를 끄덕이며 대답했다.

"알겠어! 그런데 너 이름이 뭐니? 너 진짜 착하다!"

"저는 장민원이라고 해요. 60년쯤 후에 저랑 만나게 될 거예요!"

할아버지의 멍한 눈빛을 보니 내 대답을 이해하지 못한 게 분명했다. 나는 할아버지의 바짓가랑이를 걷어 올린 다음, 방금 약상자에서 꺼내 온 거즈를 종아리에 아무렇게나 둘둘 감았다.

"민원, 지금 이게 다 웬 난리냐?"

"할머니는 말해도 이해 못 해요!"

나는 이 상황을 일일이 설명하기가 귀찮았다.

바로 그때, 할아버지가 갑자기 내 소매를 잡아끌며 말했다.

"저기! 네 뒤에, 저 여자 누구야?"

"누구, 할머니요?"

나는 지금까지 계속 의자에 앉아 있었던 할머니를 가리켰다.

"아니, 네 뒤에 있는 저 사람!"

내 뒤에? 반사적으로 고개를 돌려 뒤를 보았지만 내 뒤엔 그저 텅 빈 공간뿐, 개미 새끼 한 마리 지나가지 않았다. 순간 머리카락이 곤두서며 온몸에 소름이 확 돋았다.

"할아버지 그게 무슨 말이에요?"

나는 다시 할아버지를 바라보며 물었다. 그런데 차라리 보지 않는 편이 나을 뻔했다. 계속 내 등 뒤를 바라보며 실실 웃던 할아버지는 내 머리 위로 손을 쭉 뻗더니 무언가를 집어서 입안에 넣고는 쩝쩝쩝 소리를 내며 아주 즐겁게 웃었다.

"저 여자가 나한테 사탕 줬어."

"엄마야!"

다시 뒤를 돌아보았지만 역시나 아무것도 없었다. 순간 서늘한 기운이 온몸을 휘감고 지나갔다. 누군가 내 귓가에 입술을 대고 바람을 훅 불어 넣은 것 같았다. 명치로 싸한 기운이 몰려왔고 아이스크림을 허겁지겁 먹었을 때처럼 순식간에 두피가 얼어붙어 꼭 얼음 송곳에 두개골을 찔린 기분이었다.

나는 얼른 할아버지를 부축해 침대에 눕혀 드린 다음 걸음아 날 살려라 하고 도망쳤다.

그날은 하루 종일 누군가 내 뒤를 따라오는 듯한 느낌이 들어서 온몸에 소름이 쫙쫙 돋았다. 심지어 화장실에 갈 때도 엄마를 문 앞에 세워 두었고, 내 평생 가장 신속하게 똥을 눈 것도 바로 그날이었다. 아빠 말로는 치매 환자에겐 기억 장애나 시공 착란, 환청과 환시가 나타나기 마련이며 종종 정신 착란과 비슷한 증상까지 보이기 때문에 크게 신경 쓸 필요가 없다고 했다. 물론 나도 그러고 싶었다. 하지만 난 그날 밤 엄마와 아빠 사이에 끼어서 잠을 청했고, 꿈속에선 검푸른 얼굴에 긴 머리를 휘날리는 여자가 나를 쫓아왔다. 가슴팍까지 축 늘어진 새빨간 혀를 이리저리 흔들며 사~탕~ 줄~까~라고 말하는 그 여자 때문에 하마터면 자다가 오줌까지 쌀 뻔했다.

사실 그날 일 말고도 또 다른 사건이 많았지만 온 가족을 통틀어 할아버지의 특이한 시공 초월 능력을 가장 잘 이해하고 받아들이는 사람은 바로 나였다. 아빠는 비록 의사였지만 이렇게 변해 버린 할아버지를 마주할 때마다 몹시 힘들어하고 마음 아파했다.

어느 날은 할아버지가 아빠를 향해 이렇게 물었다.

"당신 누구야?"

아빠는 놀라서 잠시 멍해 있다가 얼른 대답했다.

"저 아순이에요!"

할아버지는 한참을 생각하더니 말했다.

"아, 그러고 보니 요전에 만났던 거 같다. 그때 나한테 참 잘해 줬는데. 나 여기 있기 싫어. 나 좀 집에 데려다주면 안 돼?"

언뜻 아빠의 눈빛에 무언가 착잡한 기색이 어렸다. 아빠는 이런 상황을 진작부터 예상했지만 정말로 인정하고 싶지는 않은 것 같았다.

"아버지, 여기가 아버지 집이에요!"

"무슨 소리야, 우리 집 대문 앞엔 망고나무가 있다고. 매해 여름이면 가지마다 파란 망고가 한가득 열려. 어제도 형이랑 나무에 올라가서 따 먹었는데 어찌나 시던지!"

할아버지는 이렇게 말하며 마치 파란 망고의 시고 떫은 맛이 혀에 느껴지기라도 한 듯 눈을 가늘게 뜨곤 몸을 부르르 떨었다.

"이봐, 선생. 자네가 나 좀 집에 데려다주겠나?"

아빠는 얕은 한숨을 내쉬었다.

"아, 이젠 나를 선생이라고 부르시네."

"아빠, 할아버지는 지금 60년 전으로 되돌아갔다고. 60년 전이니까 당연히 아빠를 몰라보지!"

잠시 깊은 생각에 잠겼던 아빠가 미간을 찡그리며 나를 돌아보았다.

"민원, 만약 몇십 년 뒤에 아빠가 너를 못 알아본다면 너도 속상할 것 같니?"

이번엔 내가 한참을 고민해야 했다.

나는 머리를 한쪽으로 비스듬히 기울인 자세로 잠시 생각하다 대답했다.

"응! 그럴 것 같아. 그런데 어쩌면 그렇지 않을 수도 있어! 나도 잘 모르겠네."

그리고 또다시 생각을 좀 한 뒤 이렇게 덧붙였다.

"그런데 말이야…… 기억을 하든 못 하든 그게 그렇게 중요해? 이다음에 아빠가 나를 좋은 사람으로, 그리고 아빠를 잘 돌봐 준 사람으로 기억해 주고 나랑 함께 지내길 원한다면 그걸로 된 거 아니야? 만약 그때 아빠의 영혼이 시공을 초월해서 과거로 되돌아간다면, 내가 아빠의 어린 시절 친구가 돼서 함께 놀아 주면 좋지 않을까? 내가 보기엔 지금 할아버지의 기억은 마치 하늘에 떠 있는 연 같아. 할아버지는 하늘을 나는 중이고 아빠는 땅 위에서 연줄의 끝을 잡아당기는 중이지. 어차피 나중엔 양쪽 다 힘이 빠질 텐데, 아빠는 왜 할아버지가 자유롭게 날아가도록 놓아주지 않아? 비록 줄은 그렇게 끊어질지 몰라도 날다가 지치면 할아버지는 다시 땅으로 내려올 거야. 음…… 아니면 아빠도 할아버지랑 함께 날아가 봐. 그럼 아빠의 마음도 조금은 괜찮아질지 몰라."

"네 말도 일리가 있구나."

아빠는 내 머리를 쓰다듬으며 눈물을 흘렸다.

"어느 날 아빠가 너를 기억하지 못하게 돼도 그전처럼 아빠를 사랑해 줄래? 아빠가 여전히 할아버지를 사랑하는 것처럼?"

"당연하지, 아빠!"

얼른 손을 뻗어 아빠의 눈물을 닦아 주는데 어느 틈엔가 내 눈에서도 눈물이 뚝뚝 떨어지고 말았다. 나는 생각했다. 분명 아빠의 마음속에도 파란 망고 한 알이 있었을 거라고.

할아버지는 과거와 현재를 바삐 오갔다. 과거로 돌아갔을 땐 이것저것 얼렁뚱땅 꾸며 내서 할아버지를 속이기가 쉬웠지만 일단 현재로 복귀하면 골치 아픈 일이 많아졌다.

할아버지의 폐암 치료제가 다 떨어졌기 때문에 오늘부터는 m&m's 초콜릿으로 대신해야 했다. 엄마는 아침 일찍부터 마트에 가서 초콜릿 한 봉지를 사 오더니 방 안에 몰래 숨겨 두고 커피색 알맹이만 골라냈다. 그런 다음 한 알을 입에 넣고 물을 머금은 다음 삼킬 준비를 했다.

"엄마! 초콜릿을 그런 식으로 먹는 건 낭비야!"

내 말에 엄마는 머금고 있던 물을 풋, 소리와 함께 사방으로 내뿜고 말았다. 마치 선녀들이 꽃잎을 사방에 흩뿌리는 광경처럼 수많은 물방울이 공중으로 날아갔다.

"다 너 때문이야. 갑자기 말을 시키는 바람에 사레들릴 뻔했잖아."

엄마는 숨을 고르며 주먹으로 가슴을 두드렸다.

"누가 초콜릿을 그렇게 먹어!"

내가 지지 않고 반박하자 엄마는 미처 목구멍으로 넘기지 못한 초콜릿을 씹으며 대답했다.

"모르면 가만히 있어. 삼키기 괜찮은지 엄마가 먼저 시험해 본 거야. 할아버지가 눈치채시면 안 되잖아."

그러면서 엄마는 초콜릿 한 알을 다시 집어 들었다.

"어때?"

내가 물었다.

"잘 넘어가?"

"조용히 해. 할아버지 들으실라."

"괜찮아! 할아버지는 귀가 잘 안 들리는데, 뭐. 이렇게 먼 거리에서 하는 말은 안 들려. 진짜 약을 m&m's 초콜릿으로 바꿔치기하다니, 정말 짱이야. 저번에 형이 말했던 '이묘환태자'랑 똑같네!"

그때 엄마가 고개를 가로저으며 말했다.

"아무래도 안 되겠어. 이건 누가 먹어도 초콜릿이야. 억지로 삼키는 건 불가능해. 혀로 자꾸 알맹이를 핥게 된다고."

내 생각도 마찬가지였다. 초콜릿을 그냥 삼키는 일은 불가능했다. 이렇게 맛있는 걸 그냥 삼켜 버리면 너무 아깝지 않은가. 나는 가장 좋아하는 파란색 초콜릿 한 알을 집어서 입에 넣었다. 혀에 올리고 이리저리 굴려 녹여 먹은 다음, 거울 앞에 서서 혀를 쭉 빼고 흰자위를 번득이며 열 손가락을 이리저리 흔들자 꼭 무덤에서 튀어나온 강시처럼 보였다.

테스트에 실패한 엄마는 자못 신 중한 태도로 아빠를 부르더니 아빠의 입안에 가짜 알약을 쏙 집어넣었다.

"어때?"

엄마가 물었다.

"삼키기 괜찮아?"

그러면서 자기도 한 알을 집어 먹으며 웅얼웅얼 혼잣말을 했다.

"음, 이거 정말 맛은 좋네!"

그때 아빠가 목소리를 낮추며 엄마에게 말했다.

"안 돼. 혀에 닿자마자 단맛이 느껴져. 바로 들통나고 말겠어. 내가 이런 말도 안 되는 방법을 시도하다니, 머리가 어떻게 됐었나 봐. 지금이라도 가서 진짜 약을 사 오자고!"

"지금 이 시간에 어디 가서 약을 사 와? 약사한테 부탁한다 해도 최소 1주일은 기다려야 할 텐데!"

엄마는 잠깐 생각에 잠겼다가 다시 말했다.

"당신 병원에 약 종류가 1000가지도 넘잖아. 그중에 이걸 대신할 만한 약이 없을까?"

"말도 안 되는 소리! 병원 약은 전부 처방을 받아야 하는 전문 의약품이라고. 함부로 가져올 수 없어. 게다가 지금 아버지 몸 상태로는 아무 약이나 함부로 먹으면 안 돼! 그냥…… 1주일만 기다리자. 겨우 한 주인데 뭐!"

아빠의 말을 듣자마자 m&m's 초콜릿을 집어서 입으로 가져가려던 내 손이 그 자리에서 굳어 버렸다. 만약 원래의 진짜 약으로 바꾼다면 앞으로 더 이상 초콜릿을 이렇게 마음껏 먹지 못할 테니 말이다. 참 나! 어른들이란 정말 머리를 쓸 줄 모른다.

나는 엄마 손에 들려 있던 커피색 초콜릿을 집어서 곧장 할아버지의 방으로 갔다.

"민원, 무슨 짓이야. 그거 들통나면 큰일 나! 민원, 민원! 이리 와! 이리 오라고."

엄마의 말을 못 들은 척하며 나는 얼른 할아버지의 침대 옆으로 다가 갔다. 엄마의 외침이 절반은 입 밖으로 튀어나왔지만 나머지 절반은 다시 목구멍 속으로 들어갔다. 엄마가 아빠를 질질 끌면서 다가왔고 두 사람은 내 뒤쪽에 나란히 섰다.

할아버지는 억지로 입가에 힘을 주며 나를 향해 미소를 지어 보였다.

"할아버지, 약 드세요!"

나는 할아버지에게 입안 가득 물을 머금게 한 다음 이렇게 말했다.

"할아버지, 아, 해 보세요!"

할아버지가 입을 벌리자 안쪽으로 자그마한 물웅덩이가 드러났다. 내가 그 안으로 알약을 쏙 집어넣자 할아버지가 고개를 살짝 치켜들었고 약은 물과 함께 목구멍을 타고 미끄러지듯 내려갔다.

석상처럼 뻣뻣하게 서 있던 엄마와 아빠는 금방이라도 눈알이 튀어나올 것 같은 표정이 되었다.

"아버님, 약 삼키셨어요?"

"아버지, 약 삼키셨어요?"

엄마와 아빠가 이구동성으로 조심스레 물었고 할아버지는 고개를 끄덕였다.

"어떠세요?"

엄마와 아빠가 또다시 묻자 할아버지가 되물었다.

"뭐가 어때?"

아빠가 휴우, 하고 숨을 내뱉으며 엄마와 눈짓을 주고받았다.

"아무 일도 아니에요!"

아빠는 힘껏 손을 내저으며 대답했다.

"별일 아니에요. 아버지 오늘 기분이 괜찮으신가 해서요."

할아버지는 엄마와 아빠를 힐끗 보고는 무심한 목소리로 이렇게 물었다.

"둘 다 왜 그래? 약을 잘못 먹기라도 했니?"

제4막
용제호형

요즘 아빠는 걸핏하면 예전 사진들을 꺼내 와 할아버지에게 보여 드렸다. 그렇게 하면 할아버지의 영혼을 좀 더 오랫동안 현재에 붙잡아 둘 수 있고 치매의 진행도 늦출 수 있다고 했다.

그날 저녁 식사 후, 아빠는 또다시 사진첩을 들이밀며 할아버지에게 옛 기억을 복습시켰다. 도대체 어디서 찾아냈는지도 모를, 족히 1000년은 돼 보이는 낡은 사진첩이었다.

페이지를 펼치자마자 축축한 곰팡내와 켜켜이 쌓인 먼지의 냄새가 안쪽에서 퍼져 나왔다. 숨을 깊이 들이마시며 할아버지가 말했다.

"음! 이게 바로 세월의 향기지!"

아빠는 미소를 지으며 고개를 끄덕였다. 아빠의 행동이 할아버지의 말에 동의한다는 뜻인지 아니면 할아버지의 상태가 오늘은 꽤 만족스럽다는 뜻인지는 알 수가 없었다.

"세월에 무슨 향기가 있어요? 사진첩에서 엄청 고약한 냄새만 나는데요, 뭐. 꼭 썩은 귤 냄새 같아요."

가차 없는 나의 반응에 할아버지는 이렇게 대답했다.

"민원, 네가 아직 어려서 잘 모르는구나! 주어진 시간이 얼마 남지 않았을 땐 모든 추억이 아름다운 법이란다. 네가 어느 날 갑자기 냄새를 맡지 못하게 된다면, 설령 썩은 귤 냄새라도 그리워질 테니 말이다! 좀 이해가 되니?"

나는 말실수를 했다는 사실을 깨닫고서 아무런 반박도 하지 않았다.

"이날 일이 아직도 기억나네."

아빠가 사진 한 장을 가리키며 나에게 말했다.

"이날 고모할머니는 잔뜩 부루퉁한 얼굴이었어. 우리 옷소매가 너무 길어서 고모할머니가 어떻게든 소매를 짧게 고쳐 주고 싶어 했는데, 네 할머니가 절대 그러지 말라고 말렸거든. 할미니는 우리 옷소매를 몇 번씩이나 접어 올리면서 이렇게 말했지. '별로 크지도 않구먼! 이래야 몇 년은 너끈히 입어요!' 아이고, 어머니도 참 어지간했지! 우리 옷차림은 누가 봐도 커다란 자루를 걸친 꼴이었다니까."

"에휴."

나는 이렇게 한마디를 내뱉고 궁금한 말투로 아빠에게 물었다.

"아빠는 어릴 때부터 큰아빠보다 키가 컸어?"

"응, 그랬지! 아빠가 나이는 한 살 어리지만, 예전부터 큰아빠보다 한 뼘은 더 컸어. 지금은 딱 봐도 차이가 훨씬 더 많이 나잖아!"

아빠가 웃으며 대답했다.

"진짜 이상해. 작달막하고 오동통한 큰아빠에 비해 동생인 아빠는 대나무처럼 길쭉하고 호리호리하잖아. 흔히 용형호제*라고 하는데, 아빠랑 큰아빠는 용제호형이라고 불러야겠어!"

그때 할아버지가 또 다른 사진 한 장을 집어 들며 말했다.

"이건 네 아빠가 중학교에서 모범생으로 뽑혀 상을 받던 날에 찍은 사진이란다."

아주 잠깐 할아버지의 생각들이 과거로 훌쩍 날아가 버린 것 같았지만, 이번엔 도라에몽의 '어디로든 문'과는 상관이 없는 듯했다. 할아버지의 입가에 미소가 피어올랐다.

할아버지의 말에 따르면 아빠와 큰아빠는 몸집뿐만이 아니라 성격도 완전히 달랐다고 한다. 아빠는 어려서부터 영리했고 무슨 일을 하든 늘 성실하고 착실했지만 큰아빠는 그렇지 않았다. 큰아빠도 머리는 좋았지만 도통 공부에는 흥미가 없었다. 그러던 어느 날 할머니는 이웃 사람에게서 큰아빠가 불량한 무리와 어울려 다니며 제방 근처에서 담배를 피운다는 얘기를

---

*   龍兄虎弟. 형은 용이고 동생은 호랑이라는 뜻. 형제가 모두 비범하고 우수하다는 의미로 쓰는 말이다.

전해 들었고, 할아버지와 할머니는 그때서야 큰아빠가 나쁜 짓에 물들어서 툭하면 싸움질에 말썽을 일으키고 다닌다는 사실을 알게 됐다.

"아버지, 그건 다 지나간 일이에요!"

아빠가 말했다.

"큰아빠 덕분에 아빠는 반장 노릇도 아주 편하게 했지. 까불고 말 안 듣는 애들도 다 알았거든, 아빠 뒤에 든든한 '백'이 버티고 있다는 사실을 말이야. 그래서 내가 한 번 쳐다보기만 해도 다들 벌벌 떨면서 얌전해졌어. 아빠가 모범생 표창을 받은 날이 제일 끝내줬지. 사회자가 아빠 이름을 부르자마자 단상 아래의 취업반 쪽에서 일제히 환호성이 터져 나왔어. 박수와 휘파람 소리까지 얼마나 요란했던지 강당 지붕이 무너질까 걱정될 정도였다니까. 학생 주임 선생님이 마이크를 잡고 조용히 하라며 소리를 질렀지만 다들 아랑곳하지 않았어. 단상까지 올라가는 그 짧은 길이 어찌나 멀게 느껴지던지. 그날 모범생으로 뽑힌 학생이 나 말고 여러 명 더 있었는데, 사람들이 죄다 나만 쳐다봐서 정말 쑥스러웠다고. 내가 이렇게 유명했던가 하고 말이야! 하하핫!"

뜻밖에도 아빠가 소리를 내며 웃었다. 아주 오랜만에 들어 보는 아빠의 웃음소리였다.

"다들 입을 모아 '장쭝순,** 짱짱맨!' 이렇게 외쳐 댔는데 그 장면이 정말 멋지기도 했고 한편으론 좀 웃기기도 했지. 나중에야 알게 됐는데,

---

** 張宗順. 주인공 아버지의 본명. 자주 등장하는 아순(阿順)은 일종의 애칭으로, '장쭝순'의 끝 글자인 '순' 앞에, 중국인들이 상대를 친근하게 부를 때 사용하는 '아(阿)'를 붙인 것이다.

실은 큰아빠가 아빠를 응원하려고 1학년부터 3학년까지 취업반 학생들을 전부 불러 모았다고 하더라. 그날부터 학교에서 내 이름을 모르는 사람이 없었어. 그야말로 전교를 뒤흔들고 떠들썩하게 만들었다니까. 한번은 주임 선생님과 해야 할 일이 생겨서 학생부에 갔다가 3학년 선배와 우연히 마주쳤는데, 벌을 받고 있던 그 선배가 발을 달달 떨면서 한쪽 눈썹을 치켜올리더니 나를 힐끗 보곤 이렇게 말을 걸더라고. '야! 너 아위안* 동생 맞지? 아위안한테 이런 모범생 동생이 있는 줄은 정말 몰랐네!'라고 말이야."

"그랬지! 아위안은 제 동생을 항상 자랑스러워했으니까!"

할아버지의 말에 아빠는 눈썹을 실룩이며 고개를 숙이더니 잠자코 다른 사진을 보는 척했다.

"거참! 같은 엄마 배 속에서 나왔는데 어쩜 이렇게도 다를까."

할아버지가 힘겹게 헐떡거리며 숨을 골랐다. 모처럼 정신이 온전한 할아버지는 호흡을 가다듬은 뒤 계속 말을 이어 갔다.

"그래도 형제는 형제야. 호랑이와 도둑 잡는 데는 친형제가 최고라는 말도 있지 않니. 너희 둘 몸속엔 같은 피가 흐른단! 예전 그 일 기억하니? 네가 수업 끝나고 집에 돌아오던 길이었는데, 정지 신호를 무시하고 달려드는 오토바이에 치일 뻔했지. 잔뜩 화가 난 네가 오토바이를 발로 걷어찼고 그 바람에 운전자랑 시비가 붙었는데, 그 사람이 잔뜩 인상을 쓰며 너를 때릴 듯이 덤벼들었다고 하지 않았니?"

---

*   阿源. 주인공 큰아버지의 본명인 장쭝위안(張宗源)의 애칭.

"당연히 기억하죠."

조용하던 아빠가 다시 입을 열었다.

"어디서 그런 깡다구가 나왔는지 저도 모르겠어요. 그 순간 피가 거꾸로 솟으면서 얼굴이 벌게졌고 아무 생각도 들지 않았어요. 오토바이를 발로 확 걷어차고 나서 딱 보니까, 그 남자 팔에 가득한 용이랑 봉황 문신이 그때서야 눈에 들어오더라고요. 게다가 빈랑을 질겅이며 입엔 담배까지 물고 있었어요. 저한테 온갖 욕을 퍼붓더니 씹던 빈랑이랑 담배를 길거리에 퉤, 뱉고는 주먹을 휘두르며 다가오기에 얼른 도망쳤죠. 그런데 그 사람이 막 쫓아오더라고요. 겁이 나서 뒤도 돌아보지 못했는데 점점 바싹 다가오는 게 느껴졌어요. '거기 서! 이 겁대가리 상실한 놈아!' 이렇게 외치는 소리가 조금씩 가까워졌으니까요. 죽을힘을 다해 뛰느라 다리가 후들거릴 지경이었는데, 갑자기 눈앞에 형이 나타난 거예요. 당시에 같이 어울려 다니던 불량한 무리와 함께 있었죠. 제가 아무 말도 안 했는데 형은 저를 보자마자 이렇게 소리쳤어요. '누가 내 동생을 건드렸어. 다들 좀 나와 봐!' 사람들이 우르르 나타나자 전세는 순식간에 역전됐고 그 남자는 반대 방향으로 도망쳤죠. 저는 그때서야 발걸음을 멈추고서 그 남자가 형의 일당에게 둘러싸여 주먹질과 발길질을 당하는 모습을 지켜봤어요. 얼마 지나지 않아 남자는 쥐새끼처럼 허둥지둥 도망쳤고요."

아빠는 나지막이 음, 하는 콧소리를 내곤 모범생 상장을 들고 있는 사진을 뚫어져라 응시했다. 무언가 설명하기 어려운 감정이 뒤엉킨 눈빛이었다.

"교차로에서 형을 마주쳤던 그 순간을 절대 잊을 수가 없어요. 마음 속에서 무언가…… 말로 표현할 수 없는 느낌이…… 그러니까…… 그게……."

"마음이 놓이는 느낌이지!"

할아버지가 아빠의 말을 이어받았다.

"아순, 마음이 놓인다는 느낌이 바로 그런 거란다. 내가 예전에 네 큰 아버지랑 구아바 서리를 하러 과수원에 갔었는데, 웬 개가 마구 쫓아오 지 뭐냐. 그 바람에 허겁지겁 도망치다가 나뭇가지에 찔려서 다리를 다치고 말았어. 종아리에서 피는 줄줄 흐르지, 개는 왈왈 짖으며 점점 더 가까이 쫓아오지, 정말 너무 놀라서 간이 떨어질 지경이었는데 다행히 도 네 큰아버지가 무성한 수풀을 헤치고 나를 구하러 와 줬어. 그 당시 내 심정이 바로 네가 형을 마주쳤을 때랑 똑같았단다. 마음이 놓인다는 바로 그 느낌 말이다! 물론 그 후에도 걸핏하면 형과 싸웠지만 우리가 형제라는 사실은 절대 잊지 않았어!"

아빠는 아무 말이 없었다.

"아순! 너랑 아위안은 어릴 때부터 참 많이 달랐지만 그래도 크게 다 툰 적은 없었단다. 이번에도 그저 사소한 싸움이었을 뿐인데, 어째서 둘이 화해하지 않는 거니?"

"형이 너무 무책임하잖아요! 매일 집에 틀어박혀서 일자리 찾아볼 생 각도 안 하고, 이렇게 아버지 걱정만 시키니까……."

"물론 네 형 때문에 걱정이 되긴 한다만, 너랑 아위안의 사이가 틀어 지는 건 그것보다 훨씬 더 가슴 아픈 일이야! 가화만사성이란 말처럼 집안이 화목해야 모든 일이 잘되는 법이란다. 설사 다른 일이 다 잘된다 한들, 집안이 평안하지 않으면 아무 의미도 없어. 아순, 넌 어릴 때부터 이 아비 말을 참 잘 듣지 않았니. 나는 곧 죽을 사람이니까 부디 네가……."

"아버지, 그런 말씀 마세요."

할아버지의 이야기를 막으며 아빠가 흐느끼는 목소리로 말했다.

"제가 의사잖아요. 최고로 좋은 약을 써서 아버지 꼭 치료해 드릴게요. 아버지는 120살까지 사실 수 있어요."

"휴우……."

할아버지가 긴 한숨을 내쉬었다.

제5막
할아버지, 생신 축하해요!

할아버지의 생신이 얼마 남지 않았다. 아빠는 모든 친척들을 초대해 성대한 잔치를 열 계획을 세웠지만 할머니가 허례허식이라며 못마땅해했다. 할머니는 생일을 너무 거하게 챙기면 하늘이 질투해서 일찍 죽을 수도 있다며 타이완 사람들은 생일잔치를 싫어한다는 말도 덧붙였다. 그래서 결국 아빠의 계획은 우리 가족끼리만 식사를 하는 쪽으로 대폭 수정되었다. 그리고 나서도 아빠와 할머니는 식사 장소를 두고 다시 싸움을 벌였다. 할머니는 집에서 먹으면 돈이 절약된다고 주장했고, 아빠는 밖에서 먹어야 훨씬 편하고 일거리도 줄어든다며 맞섰다. 솔직히 말하자면 나는 밖에서 먹는 쪽을 더 좋아했다. 할머니는 생선을 튀기고 남은 기름으로 고기를 지졌고, 고기 요리가 다 끝난 냄비에다 야채를 볶았는데 그렇게 하면 모든 요리에서 똑같이 비린내가 났다. 할머니는 엄마가 요리하는 방식이 낭비가 너무 심하다며 굳이 스스로 요리를 했고 그 결과 가족들은 대부분의 음식에 손을 대지 않았다. 남은 음식들은 몇 번씩 다시 데워졌다가 결국엔 죄다 음식물 쓰레기통으로 들어가고 말았다.

그렇다고 해서 할머니와 함께 사는 동안 내가 배를 곯지는 않았다. 식사가 끝나면 엄마는 산책하자는 핑계를 대며 나를 몰래 데리고 나가 밖에서 먹을 것을 사 주었다. 당시엔 엄마가 참 가식적이라고 생각했다. 그냥 할머니한테 직접 말하면 될 것을……. 하지만 엄마의 대답은 늘 한결같았다.

"어휴! 넌 이해 못 해. 어른들도 말 못 할 고충이 많다고! 나중에 크면 너도 알게 될 거야."

하지만 다 크기도 전에 나는 엄마의 말이 무슨 뜻인지 알게 되었다. 어느 날, 식사를 마치자 할머니가 무슨 꿍꿍이인지 굳이 함께 산책을 가겠다며 엄마와 나를 따라나섰다. 어쩌면 할머니는 우리가 배신자라는 사실을 이미 눈치챘는지도 몰랐다. 할머니의 말에 엄마와 나의 표정은 일순간 굳어 버렸다.

"악! 할머니, 제가 오늘 학교에서 운동장을 세 바퀴나 뛰었더니 다리가 너무 쑤셔요. 오늘은 산책하러 안 갈래요!"

나는 소파에 널브러지며 아파 죽겠다는 시늉을 했다.

"그래? 그럼 야후이 너라도 같이 나가자! 매일 집에만 틀어박혀 있었더니 아주 좀이 쑤시는구나!"

"네?"

엄마의 입이 떡 벌어졌다. 하지만 오싹한 순간은 거기서 끝이 아니었다. 엄마는 아랫입술을 꽉 깨물며 매서운 눈빛으로 나를 쩨려보았다.

아픈 다리를 핑계로 어떻게든 이 상황에서 빠져나가기 위해 몸을 돌린 순간, 엄마의 목소리가 귓가를 때렸다. 엄마는 이를 악물며 마치 치약 튜브를 누르듯 한마디 한마디를 쥐어짜 냈고 살짝 일그러진 발음이 내 귀에 와서 그대로 꽂혔다.

"민원, 같이 가지 그러니? 할머니가 모처럼 함께 나가자고 하시는데!"

"그래! 할머니랑 같이 나가자꾸나!"

"에헤헤, 네, 그럼…… 그럴게요!"

나는 어쩔 수 없이 다리를 절뚝이며 두 사람을 따라나섰고, 순간 엄마의 눈빛을 스치고 지나가는 사악한 기운과 입가에 번진 승리의 미소를 보고야 말았다.

골목 어귀에 다다르자 정말 얄궂게도 국수 노점에서 군침 도는 냄새가 풍겨 왔고 눈치도 없이 배 속은 꼬르륵 소리를 내며 우렁차게 요동쳤다. 게다가 엎친 데 덮친 격으로 국수 노점 사장님이 저 멀리서 나를 향해 이렇게 외쳤다.

"꼬마 손님! 오늘은 밥이야, 아니면 국수야?"

그 순간 엄마와 나는 온몸이 뻣뻣하게 굳어 얼굴에 경련이 일어날 지경이었다. 하지만 애써 아무 소리도 듣지 못한 척 행동했다. 상황을 알 리 없는 사장님은 아까보다 더 큰 목소리로 똑같은 질문을 했고, 나는 바보처럼 실실거리다가 하마터면 다리를 절뚝여야 한다는 사실을 까먹을 뻔했다.

"오늘은 괜찮아요! 밥을 너무 많이 먹고 나와서요!"

엄마는 배를 문지르며 사장님을 향해 이렇게 대답하곤 가짜 미소를 지어 보였다.

상당한 수준의 거짓말 내공을 쌓은 엄마는 그렇게 대답하면서도 표정에 전혀 변화가 없었다. 하지만 할머니는 엄마보다 한 수 위였다. 애써 태연한 척했지만 할머니의 목소리에서는 분노의 기운이 묻어났다.

"이 가게 국수가 맛있나 보구나?"

"네! 먹을 만해요!"

대답과 동시에 엄마의 얼굴은 고압선에 감전된 사람처럼 팽팽히 굳어 버렸다.

그리고 그 뒤로 엄마와 나는 저녁 식사 후의 산책을 그만두었다.

다시 원래의 이야기로 돌아오자면, 식사 장소에 대한 아빠와 할머니의 싸움은 무승부로 끝이 났다. 일단 밖에서 먹기로 결론은 났지만 식당의 선택권은 할머니의 손에 넘어갔기 때문이다. 할머니는 예전에 방문했었던 뷔페 식당을 골랐는데 그곳에서는 각자 먹은 접시만큼 계산을 했다.

"먹은 만큼만 계산하니 얼마나 경제적이야! 전에 기공* 수련 회원들이랑 함께 갔던 식당이야."

그리고 모두에게 특별히 이런 지시 사항을 전달했다.

"음식을 집기 전에 일단 가격부터 보라고. 같은 가격이면 조금이라도 더 큰 접시를 선택하란 말이야. 무료로 제공되는 음식은 열심히 먹어서

---

* 　중국 문화권에서 향유되는 심신 수련법의 이름.

배를 채우고!"

나는 적어도 이 부분에 대해선 별로 반대하지 않았다. 대부분의 식당에서 무료로 제공되는 음식은 바로 음료와 아이스크림이었으니까.

아빠는 식당에 도착해서 큰아빠를 보곤 살짝 고개만 끄덕였다. 몹시 냉랭한 분위기였다. 그런데 아빠가 사촌 누나를 한쪽으로 부르더니 이렇게 말했다.

"팅원, 너희 아빠가 당뇨를 앓고 있잖아. 이따가 집에 가서 아빠더러 이거 읽어 보시라고 해."

무언가 인쇄된 종이를 펼쳐 든 사촌 누나가 한쪽 눈썹을 치켜올리며 물었다.

"당뇨 환자가 피해야 할 열두 가지 음식? 아빠 바로 저기 계신데, 왜 직접 전해 주지 않으시고요?"

"일단 네가 먼저 읽어 보고 집에 가서 아빠 관리 좀 해 드려. 아빠들은 원래 딸내미 말을 잘 듣는 법이니까!"

"아, 진짜 이해가 안 돼요!"

누나가 입을 비쭉이며 말했다.

"직접 전해 주기 쑥스러워서 그러시는 거잖아요. 하여튼 어른들은 이상하다니까요!"

"알겠다, 알겠으니까, 이번 한 번만 작은아빠 좀 도와주렴!"

다시 한번 입을 실쭉거리며 누나는 종이를 주머니에 집어넣었다.

자리를 잡기 전부터 사촌 형은 이미 한쪽에서 음식을 탐색 중이었다. 스테이크를 발견한 사촌 형이 이글거리는 눈빛으로 접시를 향해 손을 뻗자 누군가 찰싹, 하고 손등을 내리쳤다. 바로 할머니였다.

"스테이크는 무슨! 돼지갈비면 충분해. 분수에 맞는 걸 먹어야지!"

할머니는 사촌 형의 귀에 대고 이렇게 속삭였다.

"타원형 접시는 고르지 말거라. 원형 접시를 택하는 편이 좋아!"

"왜요!"

형이 한 옥타브 높은 목소리로 버럭 외치는 바람에 주변의 다른 손님들까지 깜짝 놀라 이쪽을 쳐다봤다.

"목소리 좀 낮춰!"

할머니가 사촌 형의 옷자락을 끌어당기며 말했다.

"원형 접시가 대부분 가격이 싸다고! 이 눈치 없는 녀석아."

"기왕 외식하러 나왔으니 먹고 싶은 음식을 먹어야……."

사촌 형의 말이 끝나기도 전에 할머니는 역시나 스테이크를 집어 드는 사촌 누나의 모습을 포착했고, 이번에도 누나를 잡아끌면서 접시를 다시 제자리에 내려놓았다.

"할머니, 뭐 하시는 거예요?"

"할머니가 우리보고 싼 것만 먹으래!"

사촌 형이 입을 쭉 내밀곤 더 이상 대꾸하기도 싫다는 듯 대답했다.

"당연히 싼 걸 먹어야지, 지금 너희들이 비싼 음식 먹을 처지냐? 다 타고난 팔자야. 억울하면 의사 아빠 자식으로 태어나지 그랬냐! 누구네 아빠는 의사인데, 너희들 아빠는 직업도 없으니 말이다. 그저 네 엄마가 버는 푼돈에 의지해서……."

왜 나까지 끌어들이냐고! 할머니는 늘 이런 식이었다. 밥 먹으러 왔으면 밥만 먹으면 될 텐데 웬 참견이 저리도 많을까? 게다가 누가 들어도 내 얘기인 게 뻔한데, 굳이 '누구'라고 돌려 말하면 듣는 '누구'는 그게 정말 '누구'인지 모를까?

그러자 사촌 누나가 이렇게 쏘아붙였다.

"맞아요, 할머니! 저랑 카이원은 지지리 복도 없네요. 아빠가 '의사'인 '누구'랑은 다르게 저희는 그냥 공기나 마셔야겠어요. 공기는 공짜잖아요. 게다가 자동차에서 나오는 배기가스랑 사람들이 내뿜는 방귀도 덤으로 주니까요!"

누나는 특히 '의사'라는 말을 할 때 이를 갈며 나를 사납게 노려보았고, 말을 마치더니 심사가 뒤틀린 표정으로 다시 자리에 앉았다.

"어떻게 날이 갈수록 점점 더 버릇이 없어지냐. 할머니한테 또박또박 말대꾸나 하고!"

한바탕 누나를 혼쭐낼 찰나였는데, 때마침 저쪽에서 사촌 형이 스테이크를 두 접시나 들고 나타나자 할머니는 화가 머리끝까지 치밀고 말았다.

"너…… 너…….'"

그 모습을 본 사촌 누나가 팔짱을 끼며 한마디 했다.

"야, 넌 자존심도 없어?"

"할머니는 할머니고, 나는 나대로 먹어야지. 뭣 하러 쫄쫄 굶어? 할머니가 뭐라고 얘기하든 난 꿋꿋이 먹겠어!"

사촌 형은 스테이크를 잘라서 입안에 쏙 넣더니 과하게 입술을 우물거리며 열심히 씹어 먹었다. 핏빛이 채 가시지 않은 육즙이 입술 사이로 흘러나왔는데 그 모습이 꼭 살아 있는 드라큘라처럼 보였다. 사촌 형은 아예 팔을 걷어붙이고는 또다시 스테이크를 크게 한 덩이 썰어서 냠냠, 쩝쩝, 소리를 내며 먹기 시작했다. 중간중간 음, 하는 감탄사까지 곁들여 가며.

코끝으로 전해오는 스테이크의 풍미와 바로 눈앞에서 그것을 맛깔나게 먹어 대는 동생의 모습에, 위풍당당하던 사촌 누나의 기세도 꺾이고 말았다. 할머니는 한쪽에서 본인의 대의명분을 설교하느라 여전히 바빴다. 큰엄마가 고르는 음식을 먹지 못하게 말려야 했고 사촌 형에게 잔소리도 해야 했기 때문에 할머니는 식당 안을 이리저리 뛰어다니느라 정신이 없었다. 그 틈에 사촌 누나는 잽싸게 스테이크와 생선회를 집어 들었다. 둘 다 타원형 접시에 담긴 음식이었다. 사태가 이미 돌이킬 수 없는 지경이란 사실을 깨달은 할머니는 혼자서 끝도 없는 하소연을 늘어놓기 시작했다. 낭비가 왜 나쁜지를 지적하며 자신이 이렇게 애쓰는 마음을 아무도 몰라준다고 말했다. 묵묵히 할머니의 옆자리를 지킨 사람은 할아버지뿐이었다. 할아버지는 원형 접시에 담긴 초밥을 가져와 아주 열심히 드셨고 이따금 할머니 쪽으로 접시를 밀어 놓으며 이렇게 말했다.

"화내 봤자 당신 손해야. 그만하고 좀 먹어!"

화가 머리끝까지 치솟은 할머니는 눈앞의 음식을 본체만체했다. 내가 보기엔 공기만 마셔도 배가 부를 사람은 바로 할머니인 듯했다. 아무리 공짜라고 해도 과연 할머니가 배기가스랑 방귀 같은 것까지 마실지는 모르겠지만 말이다.

그런데 마지막으로 계산을 할 때쯤 또 사건이 벌어지고 말았다. 큰엄마가 의자 밑에서 접시 몇 개를 발견한 것이다.

"이건……."

"쉿, 아무 말도 하지 마!"

할머니가 큰엄마에게 눈짓을 보냈다.

"어머님, 이게 어떻게 된 일이에요?"

큰엄마는 도저히 이대로 넘어갈 수 없다는 표정이었다.

"아무 말 말고 그냥 입 다물고 있어. 그런다고 사람들이 널 벙어리로 보진 않을 테니까!"

할머니와 큰엄마의 분위기가 수상쩍음을 눈치챈 아빠가 물었다.

"왜 그러세요?"

그러자 할머니가 태연하게 대답했다.

"아무 일 아니다. 신경 쓰지 말거라. 배불리 먹었으니 이제 집에 가야지. 얼른 점원 불러서 계산이나 해라!"

큰엄마가 슬쩍 눈짓으로 의자 밑을 가리키자 그쪽을 본 아빠의 표정은 이내 돌변했다. 아마 똥을 먹은 사람의 낯빛도 아빠보단 나을 것 같았다.

"어머니, 이건 범죄 행위예요. 이러다 잡히면 유치장에 간다고요!"

할머니는 몸을 돌려 큰엄마를 쏘아보며 말했다.

"너 참 잘하는 짓이다! 오늘 너희 돈으로 계산하니?"

할머니의 말에 얼굴이 붉으락푸르락 달아오른 큰아빠가 큰엄마를 향해 물었다.

"오늘 돈 좀 가지고 왔어?"

그러자 큰엄마는 조용히 고개를 가로저었다.

"아순, 네가 일단 계산해. 다음에 돈 줄 테니까!"

큰아빠의 말에 아빠가 대꾸했다.

"이건 계산을 누가 하느냐의 문제가 아니야!"

"그렇지만 이런 밥을 먹고 내가 마음이 편하겠니?"

큰아빠가 낮게 으르렁거리듯 대답했다.

"형, 어머니 말은 신경 쓰지 마!"

할머니는 사납게 눈을 희번덕이며 콧방귀를 한 번 뀌더니 돌연 말투를 바꿔 아빠를 향해 이렇게 말했다.

"아무 일 없을 거라니까! 만약 들키면 실수로 접시를 떨어뜨렸다 하고, 그때 다시 계산해 주면 될 일 아니냐! 만약 못 보고 넘어가면 돈 굳은 셈 치면 되고. 이렇게 많은 사람이 그렇게 먹어 댔는데 돈이 얼마나 나올 줄 알고?"

"또 시작이시네요! 제가 이 정도 밥도 못 살까 봐서 그러세요? 설령 돈이 없다 해도 이런 짓은 하면 안 된다고요! 돈이 없으면 먹질 말아야 하고, 먹었으면 돈을 내야죠!"

아빠가 허리를 굽혀 바닥의 접시를 집으려 하자, 할머니가 아빠의 손목을 붙잡았다.

"네 돈 아껴 주려고 이러는 거 아니냐! 내가 네 엄마다. 근데 넌 어쩜 그렇게 사사건건 내 말에 토를 다냐?"

아빠가 할머니의 손을 억지로 밀어내자 할머니는 또다시 붙잡았고,

그렇게 두 사람의 손이 탁자 밑에서 엎치락뒤치락했다. 나는 그 광경을 보며, 한 명은 〈나루토〉의 8괘 64장으로, 다른 한 명은 〈원피스〉의 철괴 권법으로 대결한다면 과연 어느 쪽이 이길까 상상해 보았다. 내 생각엔 여러 차례의 격렬한 전투를 치르고 난 뒤에야 비로소 승부가 날 것 같았다.

그때 사촌 형이 눈살을 찌푸리며 말했다.

"두 분 여기서 이러시는 거 정말 꼴불견이에요!"

그러자 할머니가 대꾸했다.

"도와주지는 못할망정 쓸데없는 소리 하려거든 썩 비켜라."

할머니는 사촌 형을 혼내며 여전히 아빠와 팔 힘을 겨뤘다.

바로 그때 할아버지가 입을 열었다.

"온 가족이 오랜만에 다 함께 모여서 밥 먹는 자린데, 그만하면 안 되겠어?"

"작은아빠."

그때 사촌 누나가 아빠 곁으로 다가가 작은 목소리로 속삭였다.

"할머니랑 싸우지 마세요. 할아버지를 위해 '가화만사성' 연극 하기로 했었잖아요? 오늘은 할아버지 생신인데, 즐겁게 해 드려야죠! 보세요, 작은아빠랑 할머니가 싸우니까 할아버지가 저렇게 속상해하시잖아요!"

고개를 돌린 아빠는 할아버지와 눈이 딱 마주쳤고, 때마침 할아버지의 격렬한 기침이 시작됐다. 할아버지의 기침은 바로 아빠의 약점이기도 했다. 아빠는 즉시 무장을 해제한 뒤 할아버지에게 다가가 등을 살

살 두드려 드렸다.

그때 엄마가 느닷없이 입을 열었다.

"저는 화장실 좀 다녀올게요."

그러더니 슬그머니 자리에서 사라졌다. 세상에! 하필 바로 이런 상황에서 화장실에 가다니! 이럴 때 보면 엄마가 세상에서 최고로 간사한 사람이라니까! 잠시 후, 엄마는 아무 일도 없다는 듯 빙그레 미소를 지으며 다시 나타났고 종업원 한 명이 그 뒤를 따라왔다.

우리 가족들은 아직 아무런 결론도 내리지 못했는데 종업원은 이미 탁자 옆에 서서 접시들을 하나하나 철저히 계산하는 중이었다. 다들 마음의 준비를 미처 하지 못하고 무언가에 홀린 듯 얼떨떨한 상태로 그 모습을 지켜볼 뿐이었다. 아빠도 초조한지 할아버지의 등을 두드리며 똑같이 기침을 했고 사촌 형과 누나는 목석처럼 한쪽에 우두커니 서 있었다. 큰엄마는 연신 양손 깍지를 끼었다 풀었다 했고 나도 너무 긴장한 나머지 코로 숨 쉬는 걸 까먹을 지경이었다. 모두의 시선이 상냥하게 미소 짓는 종업원에게 쏠렸고, 혹시나 저 사람이 순식간에 사나운 독사로 돌변해 우리를 집어삼키진 않을까 벌벌 떨었다. 내 머릿속에서는 온 식구가 경찰에게 붙잡혀 가는 장면이 스쳐 지나갔다. 어쩌면 방송국 기자가 아빠를 쫓아오며 이렇게 물을지도 몰랐다.

"직업이 의사라고 하던데, 왜 이런 일을 벌였나요?"

"지금 심경이 어떠십니까?"

결국 우리는 겉옷으로 얼굴을 가린 채 계속해서 뛰고 또 뛰겠지. 만약 같은 반 친구들이 이 사실을 알게 된다면…… 맙소사, 그럼 차라리 죽는 편이 낫다고!

　시간은 째깍째깍 흘렀고 쿵쾅대는 심장이 내 가슴팍을 퍽퍽 후려쳤다. 아빠는 저쪽 편에 서 있었지만 두근대는 아빠의 심장 소리가 내 귓가에 들리는 것 같았다. 할머니는 그나마 침착해 보였지만 할머니의 미소 역시 냉동 창고에서 막 꺼내 온 듯 딱딱하게 굳어서 어색해 보이긴 마찬가지였다. 게다가 할머니의 양쪽 뺨과 입가에서는 조금씩 땀이 배어 나오고 있었다.

　식당을 빠져나오는 길에 모든 식구들은 휴우, 하며 안도의 숨을 내쉬었고 할머니는 카랑카랑한 목소리로 이 집 요리가 훌륭하다면서 다음에 또 와야겠다는 말을 남겼다. 그런데 차에 오르자마자 할머니의 가방에서는 타원형 접시 두 개와 몰래 포장해 온 닭 날개 다섯 조각, 그리고 코카콜라 한 캔이 나왔다. 역시나 할머니에게 당하고 말았다.

　할머니는 씩 웃으며 내 손에 콜라 캔을 쥐여 주었다. 당장이라도 마시고 싶었지만 나는 '그거 마시면 죽을 줄 알아'라고 말하는 엄마의 눈빛을 보았고, 콜라 캔이 불에 달군 쇳덩이라도 되는 양 얼른 손을 뗐다. 1주일이 지난 뒤 엄마가 이 일을 다 까먹었을 때쯤 나는 콜라를 먹어 치웠다.

　그날 밤, 할머니가 샤워하는 틈을 타 아빠가 할아버지에게 빨간 봉투 하나를 건넸다.

　"아버지, 이거 형이 전해 드리래요. 100살까지 건강하게 사셔야 한다면서요."

　"네 형이 무슨 돈으로?"

"요즘 여기저기서 일하
며 일당을 모아 뒀대요."

"그런데 왜 나한테 직접
주지 않고?"

"아버지가 안 받으실까 봐
그랬겠죠! 괜한 걱정 하시면서
또 이것저것 캐물으실 테니까요. 그래서 아예 저한테 맡겼어요."

"거참!"

고개를 숙인 할아버지가 봉투를 바라보며 아무 말도 하지 않자, 아빠
는 봉투를 반으로 접어 할아버지의 베개에 집어넣었다.

"얼른 받으세요. 어머니한테 들키면 하루 종일 잔소리하실 게 뻔해
요. 이것도 당장 몰수당한다고요."

할아버지가 마지못해 웃어 보였다.

"그래! 목숨보다 돈이 더 중요한 사람이니, 이걸 안 받으면 나한테는
결국 봉투만 남겠구나!"

자기 전, 안방에서는 아빠가 이런 말을 했다.

"아까 종업원이 접시 계산하러 왔을 때 나 정말 간 떨어질 뻔했어!"

"겁내긴!"

엄마가 얼굴에 로션을 바르며 대답했다.

"우리를 잡아갈 일은 절대 없었어. 왜냐하면⋯⋯."

엄마는 일부러 뜸을 들이면서 눈썹을 씰룩거렸다.

"내가 그 종업원한테 미리 3000위안을 찔러줬거든. 남는 돈은 팁으로

챙기라고!"

엄마는 의기양양한 표정으로 다시 한번 눈썹을 치켜올렸다.

와! 우리 엄마 진짜 짱이네! 전에 엄마가 나한테 했던 말이 떠올랐다.

"물론 정직이 중요하지. 하지만 '거짓'도 필요악일 때가 있어!"

전에는 그게 무슨 말인지 잘 몰랐는데, 지금은 어렴풋하게나마 이해
가 됐다!

제6막
사라진 할아버지

아득한 벌판에서 생사를 건 전투가 벌어지는 중이었다. 나는 가면을 쓴 남자와 마주한 상태였고 남자의 눈은 마치 핏빛처럼 붉었다. 초능력을 가진 눈이었다. 그 눈에 빨려 들어간 사람은 다시는 환생하지 못하는 또 다른 공간으로 사라지고 말았다. 하지만 남자가 초능력을 사용하는 순간, 동시에 자신의 약점 또한 드러날 터였다. 나는 바로 그 틈을 이용해 필사의 반격을 펼쳐야만 했다. 일촉즉발의 상황, 공중으로 힘껏 도약한 나는 '폭발 부적'을 꺼내 들었다. 가면을 쓴 남자가 부디 이 주술을 빨아들여 그의 핏빛 두 눈이 폭발하길 바라며. 그런데 별안간…….

"민원, 일어나!"

억지로 눈을 뜨자마자 무언가 휙 날아와 내 얼굴을 덮어 버렸다.

"빨리 일어나! 옷 입어, 당장! 할아버지가 사라지셨어!"

"뭐라고?"

나는 곧바로 정신을 차리곤 벌떡 몸을 일으켰다.

"할아버지가 사라졌다고?"

"그래, 엄마는 지금 경찰에 신고하러 가야 해. 아빠랑 할머니는 일단 집 근처를 좀 찾아볼 참이고!"

엄마의 다급한 표정을 보며 나는 자꾸만 이런 생각이 들었다. 혹시나 방금 만났던 가면 남자가 할아버지를 또 다른 공간으로 빨아들인 게 아닐까. 그렇지 않고서야…….

거실 쪽에서 할머니가 훌쩍이는 소리가 들려왔다.

"잠깐 일어나서 소변보러 간 줄 알았지. 그런데…… 그런데…… 소변을 그렇게 한참이나 볼 줄 누가 알았겠냐. 나중에…… 나중에 내가 화장실에 가 봤는데, 글쎄…… 글쎄…… 사람이 안 보이는 거야! 게다가 현관문이…… 열려 있지 뭐냐!"

"괜찮아요, 어머니. 울지 마세요. 일단 아버지부터 찾아야죠!"

아빠가 말했다.

마지못해 할머니를 다시 우리 집으로 모셔 오긴 했지만 아빠와 할머니의 관계는 별로 나아지지 않았다. 아빠는 할아버지의 정신이 온전할 때만 그 앞에서 할머니와 데면데면하게 몇 마디 말을 나눌 뿐, 할아버지가 다시 타임머신을 타고 과거로 돌아가면 할머니를 완전히 투명 인간처럼 대했다. 그래서 할머니는 툭하면 눈물을 보이며 자신이 팔자 사나운 고독한 노인네라고 할아버지에게 하소연을 했다. 하지만 오늘은 아빠의 말투가 유달리 부드러웠다. 결코 연극을 하는 사람처럼 보이지 않았다.

"정신도 온전치 않은 양반이 집을 뛰쳐나갔는데, 행여 나쁜 일이라도 생기면 어쩌니?"

눈물과 콧물이 뒤범벅된 얼굴로 할머니가 말했다.

그러자 아빠가 할머니의 팔을 토닥이며 이렇게 대답했다.

"지금은 그런 생각 할 때가 아니에요. 얼른 나가서 사람부터 찾아보자고요!"

할머니와 아빠는 쏜살같이 밖으로 달려 나갔고 엄마는 나를 차에 태우고 경찰서로 향했다. 우리는 경찰서까지 가는 길에 할아버지의 모습이 보이진 않을까 싶어 이리저리 사방을 살폈다.

이렇게 늦은 시간에 밖에 나온 건 처음이었다. 인적 없는 텅 빈 거리에서 어슴푸레한 가로등이 음산한 빛을 뿜어냈고 이따금 질주하듯 지나가는 자동차의 전조등이 도깨비불처럼 공중에서 요동쳤다. 불어오는 가을바람을 맞으며 귀신의 몸통처럼 이리저리 흔들거리는 가로수의 모습은 '이리 와~ 이리 와~ 이리 좀 와 봐~'라고 나지막이 속삭이며 운수 나쁜 혼백을 꼬드기는 것처럼 보였다. 게다가 길가의 짙은 어둠이 마치 지옥문을 지키는 염라대왕의 험상궂은 부하처럼 느껴지는 바람에 섬뜩한 기분마저 들었다. 몸서리를 치지도 않았는데 온몸에서 닭살이 쫙 돋았다.

"엄마."

입을 열자마자 나는 소스라치게 놀라고 말았다. 내 목소리가 팽팽히 당긴 고무줄처럼 심하게 떨렸기 때문이다.

"콜록, 콜록!"

나는 일부러 기침을 하는 척하며 목소리를 가다듬었다.

"엄마, 지금 음력 7월*이잖아. 할아버지가…….."

"쓸데없는 소리 하지 마! 아무 일도 없을 거야. 단지 치매 증상 때문에 벌어진 일이니까, 할아버지만 찾으면 돼!"

잔뜩 잠긴 엄마의 목소리도 살짝 떨리긴 마찬가지였다. 엄마도 엄마 나름의 공포를 애써 억누르는 중인 것 같았다.

"아무튼 눈을 크게 뜨고 자세히 좀 살펴봐. 혹시 할아버지가 보일지도 모르니까!"

나는 너무나 무서워 죽을 지경이었지만 할아버지를 찾기 위해 입을 꾹 다물고 사방을 살폈다.

엄마는 어둠 속에서 천천히 차를 몰았고 내 심장은 시험지를 받아 들기 직전의 순간처럼 쿵쾅거렸다.

종종걸음으로 지나치는 사람이 가끔 보였지만 대부분 젊은 남자였고 마트 앞에서는 삼삼오오 모인 사람들이 잡담을 나누고 있었다. 차가 꽤 번화한 거리로 천천히 접어들자 길가 국수 노점의 환한 불빛이 눈에 들어왔다. 몇 개 안 되는 테이블은 손님으로 꽉 찼고 그중 몇몇은 술을 마시며 게임을 하는 중이었다.

"할아버지 사진을 가져올걸. 그래야 사람들한테 물어보기가 수월했을 텐데."

엄마가 말했다.

---

*　타이완에서는 음력 7월을 '귀신이 많이 나오는 달'로 여기는 까닭에, 이 시기에 온갖 금기가 특히 많다.

바로 그때, 붉은 보도블록이 깔린 길 위에 웅크린 자세로 누운 사람의 모습이 보였다.

"엄마! 저쪽!"

나는 앞쪽을 가리키며 큰 소리로 외쳤다.

"맙소사!"

엄마가 깜짝 놀라며 소리쳤다.

신호등의 색깔조차 확인하지 않은 채 엄마는 곧장 가속 페달을 밟아 앞쪽으로 돌진했다. 깜빡이도 켜지 않은 채 아슬아슬하게 지그재그로 나아가다 길가에 차를 바싹 붙이며 급하게 브레이크를 밟자, 순간 우리 두 사람의 몸이 앞으로 휙 쏠렸다. 길가의 정차 금지 선에 차를 세운 다음 엄마와 나는 황급히 밖으로 달려 나갔다. 그 사람은 양팔에 머리를 묻고 온몸을 S 자 모양으로 웅크린 상태였다.

"아버님, 정신 차리세요!"

엄마가 손을 뻗어 할아버지를 흔들었다.

할아버지는 미동조차 없었다. 엄마가 다급하게 힘껏 흔들어 보아도 전혀 반응이 없었다.

어디선가 한 줄기 찬 바람이 불어왔다.

"할아버지 돌아가셨나 봐!"

놀람과 공포, 슬픔과 안타까움의 감정이 순식간에 밀려들었다. 마치 납덩이라도 매단 것처럼 내 가슴이 저 깊은 곳으로 곤두박질쳤고 나도 모르게 눈물이 줄줄 흘러내렸다.

"할아버지, 죽으면 안 돼요! 할아버지, 죽지 말아요!"

나는 온 힘을 다해 할아버지의 두 다리를 흔들었다. 캄캄한 어둠 속에서 내 목소리가 처량하게 울려 퍼졌다.

"함부로 그런 말 하지 마!"

엄마가 큰 소리로 나를 꾸짖었다. 엄마는 깊게 심호흡을 한 뒤 다시한번 할아버지의 몸을 흔들었다.

"아버님! 아버님!"

바로 그때 할아버지가 살짝 움직이며 몸을 일으켰고 엄마와 나는 순간 너무 놀라 뒤로 자빠질 뻔했다. 엄마는 그 자리에 주저앉기 일보 직전이었고 나는 얼른 몇 발자국 뒤로 물러났다.

"잠 좀 자려는데, 뭐가 이리 시끄러워?"

마치 루딴*을 입에 물고 말하듯 웅얼거리는 목소리였다.

엄마야! 나는 당장이라도 눈알이 튀어나올 것만 같았고 반쯤 벌어진 턱이 도저히 다물어지지 않았다. 힐끗 옆을 보자 엄마의 표정 역시 나와 별반 다르지 않았다. 엄마의 두 눈이 빤히 앞쪽을 응시했고, 동시에 또 다른 두 눈이 엄마를 쏘아보고 있었다.

한참이나 파르르 떨리던 엄마의 입술에서 마침내 더듬더듬 말이 새어 나왔다.

"당…… 당신…… 누…… 누구세요?"

"내가 묻고 싶구먼. 당신 누구야!"

눈앞의 낯선 남자는 머리를 흔들며 중얼댔다.

---

* 각종 재료를 넣은 간장에 조린 달걀. 타이완에서 일상적으로 먹는 반찬 또는 간식이다.

"으어어어~ 으어어~ 이 몸이 잠 좀 자겠다는데~ 뭐가 이리 시끄럽냐고!"

공기 중으로 짙은 술 냄새가 확 퍼지더니 이내 시큼하고 구린 냄새가 올라왔다. 그때서야 엄마와 나는 깨달았다. 비록 몸집은 할아버지와 비슷했지만 낡아 빠진 옷을 걸친 눈앞의 이 남자는 술에 취한 부랑자가 분명했다.

"죄송해요. 사람을 잘못 봤네요."

엄마와 내가 몸을 일으켜 자리를 뜨려는데, 갑자기 남자가 엄마의 팔목을 붙잡으며 말했다.

"아가씨, 우리 전에 만난 적 있나?"

엄마는 끔찍한 비명을 지르며 양팔을 마구 휘둘러 남자의 손을 떨쳐 낸 다음 나를 질질 끌고 필사적으로 도망쳤다.

우리는 올림픽에 참가한 육상 선수처럼 자동차를 향해 전력으로 질주했다. 헉~ 헉~ 헉~ 한동안 차 안에는 엄마와 나의 가쁜 숨소리만 울려 퍼졌다. 심장이 쿵쾅거려 가슴팍에서 격렬한 진동이 느껴졌고, 피가 순간적으로 이마에 쏠린 탓에 뇌가 부풀어 오르고 혈관이 불거질 지경이었다.

하지만 난 미친 듯이 터져 나오는 웃음을 참을 수가 없었다.

"으하하핫! 푸하하! 푸하하핫!"

너무 심하게 웃느라 온몸이 떨리고 숨이 꼴깍 넘어가기 직전이었다.

이어서 엄마도 웃기 시작했다.

"푸하하핫! 으하하하!"

"푸하하핫! 으하하하!"

"푸하하핫! 으하하하!"

얼마나 지났을까, 엄마와 나의 웃음은 점점 잦아들었고 마지막엔 후~ 후~ 후~ 숨을 고르는 소리만이 남았다.

"우리 둘 다 정말 바보 멍청이 아니니!"

엄마가 입을 열었다.

"내 말이! 심지어 엄마는 그 남자를 흔들면서 '아버님, 정신 차리세요!'라고 했잖아."

나는 일부러 엄마의 날카로운 목소리를 흉내 내며 말했다.

"너도 똑같아. 눈물 콧물 짜면서 '할아버지, 죽지 말아요!'라니. 웃겨 죽겠다, 정말."

"엄마랑 그 남자가 서로 멀뚱멀뚱 쳐다본 건 또 어떻고. 남자가 '당신 누구야!' 이렇게 물었잖아."

아까의 장면이 다시금 떠올라 나는 또 웃음이 터지고 말았다.

"민원!"

갑자기 엄마가 정색을 하며 말했다.

"경고하는데, 방금 일은 아빠한테 말하면 안 돼. 아빠가 알면 평생 엄마를 비웃을 테고, 그럼 엄마가 여태껏 지켜 온 똑똑한 이미지도 순식간에 무너져 버려. 무슨 말인지 알겠지?"

"알겠어! 말 안 해!"

나는 잠깐 침묵했다가 이렇게 물었다.

"그런데, 도대체 할아버지는 어디로 가셨을까?"

"아이고! 할아버지를 찾아야 하는데, 깜빡했네!"

다시 시동을 켠 엄마는 캄캄한 길을 쏜살같이 내달려 경찰서 앞에 주차를 했다.

와! 나는 경찰서 안의 광경을 처음으로 보았다. 눈앞의 이 경찰들도 공중으로 날아올라 주먹 한 방, 총 한 발로 악당 여덟 명을 순식간에 해치울 수 있는지 궁금해졌다. 영화에 등장하는 덩치 좋은 전투 경찰처럼 말이다. 저 안에는 칸칸으로 나뉜 감옥이 정말로 존재할까. 그리고 그 감옥 안에 괴상하게 생긴 악당들이 정말로 갇혀 있을까.

내가 경찰서에 갔었단 사실을 우리 반 애들한테 죄다 말해 주고 싶었다. 그럼 다들 내 주위를 에워싸고 하루 종일 질문을 퍼부을 텐데. 어쩌면 다른 반 애들까지 우르르 달려올지도 모르고.

안내 데스크의 당직 경찰이 우리를 보고 막 자리에서 일어나려는 찰나, 엄마가 안쪽 사무실 탁자에 앉아 있는 할아버지를 발견했다.

"아버님!"

엄마는 곧장 달려가 할아버지를 껴안으며 말했다.

"왜 여기 계세요? 아버님이 사라지셔서 다들 얼마나 놀랐는데요!"

엄마는 소리치며 울기 시작했다.

정말 이해가 안 되네! 할아버지가 사라졌을 땐 억지로 감정을 누르며 이성적으로 행동하던 엄마였는데, 정작 할아버지를 발견하곤 저렇게 어린아이처럼 큰 소리로 울다니.

그때 할아버지가 손을 뻗어 엄마의 얼굴을 잡고 찬찬히 뜯어보더니 이렇게 말했다.

"아가씨는 누구야?"

아, 또 이 질문이네! 엉엉 우느라 눈가에 여전히 눈물이 맺힌 채 엄마가 풋, 하고 웃음을 터뜨렸다.

"아버님 며느리예요. 아순의 아내이고요. 기억 안 나세요?"

엄마는 코를 훌쩍이면서 소매로 눈물을 훔치며 대답했다.

"아버님, 이제 집으로 가요!"

"아순의 아내라고? 아순은 또 누구야?"

할아버지는 미심쩍어하는 눈초리로 엄마를 쏘아보았다.

"그런데 난 형을 찾으러 가야 해!"

"아버님! 그분은 장화*에 살고 계시잖아요! 지금은 시간이 너무 늦었어요. 밤엔 날이 쌀쌀하니까 일단 집으로 먼저 가시는 게 어때요?"

"집에 간다고? 아가씨가 왜 나를 집에 데려가? 아가씨는 누구야?"

어찌해야 할지 모르겠다는 표정으로 엄마가 절레절레 고개를 가로저었다. 도라에몽을 보지 않은 엄마는 '어디로든 문'이 바로 이런 식이라는 사실을 알 리가 없었다. 결국 엄마는 아빠에게 전화를 걸었고 아빠와 할머니는 곧장 택시를 타고 경찰서로 달려왔다. 우리는 온갖 거짓말을 동원해 가며 할아버지를 잘 달래서 집으로 모셔 왔고, 할아버지의 실종 사건은 그렇게 마무리되었다.

사건의 해결 과정은 몹시 흥미진진했다. 하지만 연극의 전개가 너무도 급작스러웠던 바람에 나는 경찰서 내부를 자세히 살펴보는 걸 그만

---

*   彰化. 타이완의 중서부에 위치한 도시.

까먹어 버리고 말았다. 바꿔 말하면, 친구들한테 잘난 체할 기회를 영영 놓쳐 버렸다는 뜻이다. 그렇지만 할아버지가 돌아오셔서 난 진심으로 기뻤다.

제7막
시공을 뛰어넘은 영혼

그날 밤 한바탕 난리를 겪은 뒤, 할아버지의 몸 상태는 급격히 나빠졌다. 기침도 점점 심해졌고 이따금 살짝만 몸을 움직여도 호흡이 가빠졌다. 그저께는 할아버지가 먹지도 마시지도 않고 스물네 시간을 내리 잠만 잤는데, 잠결에 큰할아버지의 이름과 이미 돌아가신 친구분들의 이름까지 큰 소리로 불렀다. 할아버지가 곧 돌아가실 모양이라며 할머니는 엉엉 울었고 아빠는 말없이 할아버지의 침대 옆에 앉아 오래된 사진들을 한 장 한 장 보고 또 보았다.

이제는 오래된 사진들을 '복습'할 사람이 할아버지가 아닌 아빠인 것 같았다. 아빠는 그중 한 장의 사진을 손에 꼭 쥐고 들여다봤는데 사진 속의 할아버지는 어린 아빠를 목말 태우고 있었다. 아빠의 자그마한 얼굴에선 긴장과 흥분이 뒤섞인 미소가 엿보였고 할아버지는 입꼬리를 올리며 고개를 들어 아빠를 바라보는 중이었다. 어디선가 본 듯한, 나에게도 익숙한 장면이었다.

온 가족이 끊임없이 할아버지를 깨웠고 마침내 할아버지는 가까스로 정신을 되찾았다. 하지만 할아버지의 영혼은 여전히 과거에 머무는 모양이었다. 할아버지는 줄곧 아빠를 '선생님'이라 불렀다. 엄마는 '아가씨', 할머니는 '아줌마'였다.

그런데 참 이상하게도 할아버지가 유독 나만은 꼭 이렇게 불렀다. '소똥밍'. 할머니의 말에 따르면 그분은 할아버지의 어린 시절 이웃이었는데 소를 키우느라 항상 몸에서 소똥 냄새가 나 '소똥밍'이란 별명이 붙었다고 했다.

어느 날 오후, 할아버지가 서랍을 완전히 뒤집어서 엉망진창으로 만들어 버렸다.

"아버님, 뭐 하세요?"

엄마가 물었다.

할아버지는 손짓으로 엄마에게 귀를 가까이 대 보라고 하더니 손으로 입을 가리고는 작은 목소리로 속삭였다.

"아가씨, 저기 쟤랑 같이 놀지 마. 쟤 도둑놈이야!"

"도둑놈이요?"

엄마의 목소리가 한 톤 높아졌다.

"내가 도둑놈?"

영문을 모르는 나는 손가락으로 내 코를 가리키며 물었다.

"쉿! 목소리 낮춰. 쟤가 듣겠어!"

"쟤가 아버님 물건 중에서 뭘 훔쳐 갔나요?"

엄마는 날카로운 눈초리로 나를 째려보며 물었다.

"내 사탕 훔쳐 갔어!"

"아, 사탕이요!"

한시름 놓은 듯 엄마의 표정이 그때서야 풀렸고 나 역시 안도의 한숨을 내쉬었다.

"아버님! 민원은 아버님 사탕 안 훔쳤어요!"

"무슨 소리야! 쟤라고, 쟤가 소똥밍이야. 매번 쟤가 그랬어!"

그 말을 들은 나는 할아버지에게 다가가 어깨에 손을 올리며 이렇게 말했다.

"야, 난 네 사탕 안 훔쳤어!"

"민원, 너 지금 이게 무슨 버르장머리야?"

엄마가 곧바로 나를 나무랐다.

"엄마는 이해 못 해! 내가 버릇이 없는 게 아니라, 할아버지의 머릿속엔 지금 위아래가 없다고. 엄마도 봤잖아, 할아버지가 엄마를 아가씨라고 부르는 거!"

할아버지가 내 손을 힘껏 뿌리치며 말했다.

"저리 꺼져! 너한테서 냄새 나. 게다가 맨날 내 사탕이나 훔치고!"

할아버지는 입술을 꽉 깨물며 나를 쏘아봤다.

물론 나도 알았다. 지금 눈앞의 할아버지는 진짜 할아버지가 아니란 사실을 말이다. 그래도 할아버지가 나를 도둑놈이라고 부르니 엄청 신경이 쓰였다. 나는 방에서 m&m's 초콜릿 반 봉지를 가져와 할아버지에게 내밀었다.

"네 사탕 안 훔쳤어. 대신 보관해 뒀을 뿐이라고."

"너 미쳤어? 그걸 할아버지께 드리면 어떡해? 평소에 드시는 약이 가짜라는 사실을 눈치채시면 어쩌려고?"

"그럴 리 없다니까!"

말은 이렇게 했지만 솔직히 조금은 걱정됐다. 하지만 너무 복잡한 생각은 하지 않기로 했다. 할아버지가 어떤 시간, 어떤 공간에 머무르든 나는 할아버지에게 가장 사랑스러운 사람이 되고 싶었다.

할아버지는 m&m's 초콜릿을 유심히 살피며 한참을 생각에 잠겼다. 그러곤 망연자실한 눈빛으로 속삭이듯 이렇게 물었다.

"우리 형 어디 갔어? 형을 찾아야 해!"

할아버지는 2남 1녀 중 막내였다. 할아버지의 누나는 아빠와 큰아빠의 옷을 고쳐 주었던 바로 그 고모할머니다. 할아버지보다 다섯 살 많은 누나는 몇 년 전 이미 세상을 떠났다. 할아버지보다 세 살 많은 형, 그러니까 나의 큰할아버지는 올해 일흔다섯으로 장화의 옛집에 살고 계신다. 할아버지의 집은 농사를 지었고, 할아버지가 여섯 살 때 할아버지의 아버지가 돌아가셨다. 대가족의 일원으로 살았기 때문에 먹고 사는 데 큰 문제는 없었지만 할아버지의 어머니와 누나는 농사일과 집안일로 몹시 바빴다. 그래서 할아버지는 밥을 먹을 때건 놀 때건 언제나 형의 꽁무니를 졸졸 쫓아다니며 무슨 일이든 형과 함께 했다.

큰할아버지는 할아버지보다 2년 먼저 치매 증상이 나타났다. 2남 2녀를 두었지만 자식들은 전부 외지에서 직장 생활을 하느라 큰할아버지를 돌보는 일은 오롯이 큰할머니의 몫이었다.

나도 들은 이야기인데, 예전에 이런 일이 있었다고 한다. 큰할머니와 큰할아버지가 장남을 만나기 위해 기차를 타고 올라가던 길이었는데, 큰할아버지가 화장실 안에 들어가 문을 잠그더니 한참 동안 나오지 않았다. 그 바람에 승객들은 길게 줄을 서야 했고 여기저기서 불만이 쏟아져 나오기 시작했다. 처음엔 큰할머니가 사람들에게 일일이 사정을 설명하며 양해를 구했다. 큰할머니는 화장실에 들어간 큰할아버지에게 혹시 몸이 어디 불편한지, 변비인지 아니면 설사인지 물었지만 안에서는 아무런 대꾸도 없었다. 급기야 밖에서 기다리던 사람들은 거세게 화장실 문을 두드리기 시작했다.

"혹시 안에서 중풍으로 쓰러져 죽은 거 아니야?"

"표를 사지 않고 탄 걸 검표원한테 걸릴까 봐 창문으로 도망갔나 봐!"

"듣자 하니 이 칸에서 살인 사건이 발생했었다던데, 혹시……."

사람들이 저마다 한마디씩 했고 결국엔 열차의 차장이 문을 열기 위해 열쇠를 가져왔다.

문이 열리기 직전까지 사람들은 전부 숨을 죽인 채 화장실에 시선을 고정했다. 그리고 마침내 문이 열렸는데, 사람들의 눈앞에는 의외의 장면이 펼쳐졌다. 큰할아버지는 변기 위에 태연히 앉아 사람들을 향해 이렇게 말했다.

"지금 뭐 하는 거야? 나 티브이 보는데 조용히 좀 해!"

또 한번은 큰할머니가 큰할아버지를 데리고 병원에 갔는데, 진료실에 들어갈 차례가 되자 그때까지 멀쩡하던 큰할아버지가 어찌 된 일인지 냅다 뛰기 시작했다고 한다. 그 광경을 본 간호사들은 소리를 지르며 큰할아버지를 쫓아갔다.

"뛰지 마세요. 얼른 이쪽으로 오세요!"

이어서 병원의 보안 요원들이 뒤를 따랐고, 한쪽에서 진찰을 기다리던 어떤 환자의 가족은 이 광경을 범인 검거 상황이라 착각한 나머지 정의롭고 용감하게 체포 행렬에 동참했다. 이런 식으로 길게 꼬리를 문 사람들은 병원 안을 미친 듯이 질주했고, 질주가 계속될수록 뒤따르는 사람은 점점 더 많아졌다. 정말로 신기한 사실은 큰할아버지의 노쇠한 두 다리가 그날은 마치 스커드 미사일처럼 빨랐다는 것이다. 큰할아버지를 쫓던 사람들이 숨도 제대로 못 쉴 정도였다고 하니 말이다. 사람들은 가까스로 큰할아버지를 따라잡은 다음, 몇 명이 왼쪽과 오른쪽을 공략하고 또 나머지 몇몇은 뒤에서 덮치는 식으로 힘을 모아 큰할아버지를 진료실로 데려갔다. 그러나 의사가 청진기를 가슴팍에 갖다 대기도 전에 큰할아버지는 목청껏 비명을 질렀다.

"살인자다! 살인자! 사람 살려!"

문밖에서 이 소리를 들은 다른 환자들은 너무 놀라 얼굴이 새하얗게 질렸다. 그날 이후 큰할머니는 웬만해선 큰할아버지와 함께 외출을 하지 않았고 두 노인은 오래된 시골집에만 틀어박혀 지내는 중이었다.

할아버지가 형님을 그리워하는 이유는 아마도 두 분이 오랫동안 만나지 못한 탓일 거다. 아니면 할아버지의 영혼이 혼란스러운 시공 안에 갇힌 탓인지도 몰랐다. 이유가 어찌 됐든, 아빠는 할아버지의 몸 상태가 어느 정도 나아졌으니 설날 연휴를 이용해 할아버지를 장화로 모시고 가서 친척과 친구분들을 찾아뵐 계획을 세웠다. 정확히 말하면 온 식구가 장화에 함께 가기로 한 것이다.

물론 아빠와 할머니 사이에선 또 한차례 말다툼이 벌어졌다.

"너 미쳤냐? 그렇게 가면 돈이 얼마야? 어차피 두 사람 다 바보가 됐는데 얼굴 한번 본다고 무슨 차이가 있겠냐?"

할머니의 말에 아빠가 대답했다.

"아버지가 바보 됐다는 말 좀 하지 마세요. 정신이 온전하실 때도 있다고요! 그리고 설령 정신이 온전치 않으셔도 상관없어요!"

하지만 할머니는 물러나지 않았다.

"넌 입만 열면 그렇게 아버지를 사랑한다면서, 지금 체력이 저렇게 떨어진 사람을 그 먼 곳까지 데려갈 셈이냐."

그러자 아빠는 이렇게 반격했다.

"그러니까 더더욱 모시고 가야죠. 저는 오늘부터 아버지가 하루하루를 값지게 보내셨으면 좋겠어요. 아버지가 그동안 하시고 싶었던 일들, 제가 어떻게든 다 하시게 해 드릴 생각이에요. 설령 전 재산을 탕진한다 해도 제가 꼭 그렇게 할 거라고요. 아시겠어요? 저분은 나의 아—버—지—니까요!"

제8막
고향으로 가는 길

입으로는 돈 낭비라고 말했지만 사실 할머니는 한껏 들뜬 상태였다. 할머니는 며칠 전 시장에 가서 닭 날개와 볶음 쌀국수 재료 그리고 과일까지 사 왔다.

"식당 밥이 좀 비싸야 말이지. 가는 길에 차에서 먹으면 얼마나 좋아. 게다가 우리 꼬맹이가 제일 좋아하는 음식이 닭 날개 조림 아니냐!"

우리 꼬맹이라니? 설마 나를 두고 하는 말인가? 뭐, 아무튼, 할머니의 음식 중에서 닭 날개 조림이 제일 맛있긴 했다. 그런데 당최 이해가 안 되는 건 항상 계산하고 따지길 좋아하는 할머니가 선물 세트를 사는 데는 엄청 큰 돈을 썼다는 사실이다. 할머니의 말에 따르면 아빠는 의사인 데다 사회적 지위와 신분이 있는 사람이기 때문에 고향에서 체면이 깎이면 안 된다나 어쩐다나!

출발하는 날 이른 아침, 큰아빠네 식구들까지 전부 우리 집에 모였다. 미장원으로 머리를 하러 간 할머니가 아직 돌아오지 않은 틈을 타

할아버지가 빨간색 돈 봉투를 꺼내며 큰아빠에게 말했다.

"아위안! 이거 내 생일날 네가 줬던 봉투인데, 도로 가져가거라."

"제가 아버지께 봉투를 드렸어요?"

큰아빠의 눈이 커지더니 목소리 톤이 살짝 높아졌다.

"그래! 네가 아순에게 대신 전해 달라고 했다며?"

"아!"

갑자기 아빠가 이렇게 외치며 헛기침을 두어 번 했다. 그러고는 할아버지를 등지고 서서 이렇게 말했다.

"음…… 맞아…… 그랬었지! 형이 나한테 대신 좀 전해 드리라고 했었잖아? 일당 받은 것 좀 모아 뒀다고, 큰돈도 아니라 아버지한테 직접 드리기 쑥스럽다고 좀 전해 달라고 했었지?"

"작은아빠, 눈꺼풀에 경련이라도 났어요? 왜 그렇게 눈을 깜빡거리세요?"

사촌 형이 끼어들자 큰아빠가 얼른 대꾸했다.

"저리 비켜 봐! 어른들 얘기하는데 끼어들긴!"

뒤이어 큰아빠도 아빠를 향해 눈짓을 보내며 억지 미소를 살짝 짓더니 할아버지를 향해 이렇게 말했다.

"네…… 맞아요! 제가 아버지께 직접 드리기 좀 그래서 아순한테 부탁했어요!"

"그래. 네가 일을 한다니 마음이 놓이는구나!"

그 순간 할아버지의 기침이 시작됐다. 기침이 얼마나 심했는지 혹시 할아버지의 폐가 파열되진 않을까 걱정될 정도였다. 아빠와 큰아빠가 얼른 달려와 양쪽에서 할아버지를 에워쌌다.

"아버지! 괜찮으세요?"

큰아빠가 할아버지의 등을 두드리며 물었다.

"아버지! 일단 좀 누우실래요?"

이번엔 아빠가 물었다.

나는 얼른 물을 한 잔 가져왔다.

"할아버지, 물 드세요!"

할아버지는 잔을 받아 들고 기침이 잦아들길 잠깐 기다렸다가 고개를 젖히며 물 한 잔을 다 비웠다. 잠시 숨을 고른 할아버지가 말했다.

"괜찮아. 당장 안 죽으니 걱정 마라!"

할아버지는 큰아빠의 손을 붙잡곤 돈 봉투를 욱여넣었다.

"아위안! 난 이제 돈 쓸 일 없다. 도로 가져가라. 나중에 애들한테 돈 들어갈 일이 얼마나 많은데! 네가 소처럼 열심히 일하겠다고 마음만 먹는다면 일자리는 얼마든지 널리고 널렸단다. 그러니 너무 걱정할 필요 없어. 알겠니?

"아버지, 마음 푹 놓으세요. 앞으로 열심히 일할게요."

"그래, 알겠다. 돈 봉투는 가져가거라!"

할아버지가 이렇게 말하며 큰아빠의 손을 토닥였는데, 갑자기 할머니의 카랑카랑한 목소리가 들려왔다.

"돈 봉투라니, 지금 이게 무슨 소리야?"

할머니와 큰엄마와 엄마가 막 현관으로 들어서던 참이었다. 세 사람 모두 머리를 새로 하고 나타났는데 할머니는 이번에도 어김없이 '삼각김밥' 머리였다. 머리가 불쑥 솟아서 키가 10센티미터는 더 커 보였고 '삼각김밥'의 꼭대기에는 헤어스프레이를 어찌나 강력하게 뿌려 놓았는지 헤드뱅잉은 물론이고 폭풍우가 몰아쳐도 전혀 흐트러지지 않을 것 같았다.

세 사람의 등장에 모두가 화들짝 놀랐고 특히 큰아빠는 어쩔 줄 몰라 하며 돈 봉투를 황급히 주머니에 집어넣었다.

"아, 그게 뭐냐 하면요, 할머니."

그때 사촌 누나가 얼른 앞으로 나가서 할머니의 손을 잡으며 애교 섞인 목소리로 말했다.

"우리끼리 얘기 좀 했어요. 시골집에 설을 쇠러 내려가면 세뱃돈을 얼마나 받게 될까 하고요!"

"아이고, 내 정신 좀 봐. 세뱃돈 생각은 미처 못 했네!"

할머니가 무슨 큰일이라도 난 것 같은 말투로 대답했다.

와! 역시 무대에 올라가 본 사람은 뭐가 달라도 다르네! 비록 죽은 사람 역할일지언정 큰 무대를 경험해서 그런지 사촌 누나는 거짓말을 하면서도 숨소리는 물론 얼굴색 하나 변하지 않았다. 어쩌면 누나가 정말로 연기에 천부적인 재능을 타고났는지도 몰랐다. 그리고 정말로 훗날 유명한 감독이 될지도 모른다는 생각이 들었다.

할머니는 옷장을 열어 꽁꽁 숨겨 두었던 물건들을 꺼내기 시작했다. 금방이라도 곰팡이가 필 것 같은 케케묵은 명품 핸드백을 들고 몇 년 전 엄마가 사 드린 진주 목걸이와 값비싼 금반지, 금팔찌까지 걸치더니 아이라인을 그리고 볼 터치까지 했다.

할머니를 보자마자 사촌 형은 눈을 휘둥그레 뜨고 이렇게 말했다.

"나 원 참! 할머니, 크리스마스는 이미 지나 갔잖아요!"

"그게 무슨 소리냐?"

"할머니 지금 꼭 크리스마스트리 같아요!"

"넌 그 입 좀 다물지 못하겠니!"

할머니는 눈을 부라리다가 잠시 뒤 손가락으로 사촌 누나와 사촌 형을 가리키며 이렇게 말했다.

"내가 미리 경고하는데, 장화에 가서는 입 조심하거라. 누가 물어봐도 너희 아빠가 무직이라는 말은 절대 해선 안 돼. 알겠어?"

"무직이면 무직이지, 그게 뭐 창피해할 일인가요? 적어도 엄마는 일을 하잖아요! 우리가 뭘 훔치길 했어요, 아니면 남의 것을 빼앗길 했어요?"

사촌 형이 눈을 똑바로 뜨며 대들었다.

큰아빠가 불만 섞인 표정으로 화장실에 들어가 버리자 큰엄마가 난처한 기색으로 말했다.

"어머님! 아니에요. 애들 아빠 요즘 일해요. 어머님이 요즘 여기서 지내느라 모르셨죠?"

"아이고, 내가 낳은 자식인데, 내가 쟤를 모르겠니? 마음만 있으면 돌에 구멍도 낸다 했거늘, 쟤는 뭐든 끝까지 하는 법이 없다고. 매번 사흘을 못 넘기고 일을 그만두지 않나!"

우여곡절 끝에 우리는 두 대의 차에 나눠 타고 출발했다. 우리 집 4인승 소형차는 큰아빠가 운전했고, 아빠는 7인승 승합차를 맡았다. 물론 할머니는 절대 까먹지 않고 음식을 똑같이 나눠서 양쪽 차에 실었다. 물티슈와 화장지, 심지어 쓰레기봉투까지 각각 나눴다.

고속도로에 진입한 지 얼마 되지 않아 할머니가 물었다.

"민원, 닭 날개 먹을래?"

맙소사! 방금 아침 먹고 나왔는데!

"괜찮아요. 지금은 배 안 고파요."

"그럼 과일 먹을래? 오늘 산 사과는 세 개에 100위안짜리야. 얼마나 맛있다고!"

할머니가 잘 깎은 사과 조각을 들이밀었다.

"과일 안 먹을래요!"

나는 손을 휘휘 저으며 대답했다.

"그래…… 그럼 야후이, 이거 아순 먹으라고 해라."

할머니는 사과를 앞 좌석으로 쑥 내밀었다.

"안 주셔도 돼요. 지금 안 먹어요."

아빠가 대답했다.

허공을 떠돌던 할머니의 사과가 순간 옅은 노란색에서 검은색으로 바뀌는 것 같았다. 화가 난 할머니는 사과를 할아버지의 입에 밀어 넣으며 말했다.

"그럼…… 당신이나 잡숴!"

역시 할머니에겐 할아버지뿐이었다. 할아버지는 입을 벌려 사과를 받아먹곤 아주 열심히 오물거리며 씹었다.

"음, 진짜 맛있네."

"거봐, 내가 맛있다고 했잖아!"

마침내 동지를 만난 할머니가 대답했다.

가끔은 정말로 이해가 안 됐다. 할머니는 오로지 먹고 자는 문제에서만 사람에게 관심을 보였다. 누군가와 싸우지 않을 때면 할머니 말의 대부분은 '배 안 고프냐?' 혹은 '빨리 안 자고 뭐 하냐?'였다. 할머니의 그런 말을 들을 때마다 나는 나 자신이 꼭 돼지가 된 기분이었다.

장화로 가는 내내 할아버지의 눈빛에는 생기가 돌았다. 게다가 할머니가 주는 닭 날개 조림과 볶음 쌀국수까지 계속 드셨다. 할아버지의 식욕이 이렇게 왕성한 것도, 할머니의 기분이 이토록 좋은 것도 참 오랜만의 일이었다. 할머니는 다른 식구들에게 음식을 권하랴, 할아버지와 잡담을 나누랴, 나한테는 할아버지의 고향 집 이야기를 해주랴, 여러모로 분주했다.

"민원, 할아버지가 전에 살던 집은 쓰허위안* 형태였단다. 방은 좀 작았지만 거기서 스무 명도 넘는 가족들이 함께 살았어. 끼니때마다 남자 식탁과 여자 식탁 두 군데로 나눠서 밥을 먹었지. 부뚜막은 이만큼이나

---

* 四合院(사합원). 중국의 전통 가옥 양식으로, 집 중앙에 정원을 둔 'ㅁ' 자형 구조다.

거대했다고."

할머니는 양팔을 사용해 커다란 동그라미를 만들어 보였다.

"밥 짓고 요리하는 데만 꼬박 두 시간이 걸리는데, 일단 음식이 식탁에 오르면 깨끗이 사라지기까지는 딱 2분이면 충분했지. 그때만 해도 배불리 먹는 게 어려웠으니 말이다. 요즘 너희들처럼 이거 안 먹어, 저거 안 먹어, 이런 건 다 팔자 좋은 소리지."

그런데 갑자기, 할아버지가 이렇게 외쳤다.

"빨리 좀 가라. 나 큰 거 마렵다!"

"큰 거?"

차 안의 모든 사람이 아연실색하며 동시에 외쳤다.

사실 똥 마려운 상황이 그렇게 호들갑 떨 일은 아니다. 문제는 할아버지가 대소변을 잘 가리지 못한다는 것이었다. 보통 사람은 똥이 마려우면 엉덩이에 힘을 줘서 웬만큼 참을 수 있지만 할아버지는 이미 신경 조절 능력을 상실했기 때문에 대변이나 소변이 마려우면 곧바로 실례를 해 버렸다. 소변은 소변통에 해결하면 되니 그나마 괜찮았지만 대변은 그렇지가 않았다. 게다가 할아버지는 '성인용 싸개'를 극구 거부했다. '성인용 싸개'가 뭐냐면 바로 성인용 기저귀다! 할아버지는 엉덩이가 가렵고 피부가 빨개진다면서 한사코 기저귀를 사용하지 않았다.

"아침에 화장실 다녀오지 않았어?"

할머니가 짜증을 내며 뿌루퉁한 목소리로 물었다.

"정말 성가셔 죽겠네. 똥은 처리하기도 곤란한데. 빨리 할아버지 똥 눌 만한 곳 좀 찾아봐라!"

아빠는 즉시 가속 페달을 밟아 앞으로 쭉 나가며 왼쪽 깜빡이를 켰다. 옆 차로의 차를 한 대 추월한 다음 이번에는 곧장 오른쪽 깜빡이를 켜며 오른쪽 차로의 차를 추월했다. 아빠는 그렇게 연달아 몇 대의 차를 쏜살같이 지나쳤다.

"야야, 아순! 네 아버지 똥이 아무리 급하다곤 해도 목숨이 더 중요하지 않냐! 차 좀 살살 몰아. 심장 튀어나오겠다!"

이쪽저쪽으로 몸이 쏠리는 상태에서 할머니가 아빠를 향해 외쳤다.

"그래! 여보, 좀 천천히 가!"

엄마도 술에 취한 사람처럼 이리저리 몸이 흔들리긴 마찬가지였다.

"무슨 소리야. 지금 상황이 심각해!"

아빠가 대답했다.

"걱정 마, 나 운전 잘하니까. 여보, 형한테 전화 좀 해. 다음 인터체인지에서 빠지겠다고!"

"천천히! 좀 천천히 가라고! 똥 때문에 사고가 났다고 하면 사람들한테 두고두고 웃음거리가 될 거 아니냐!"

할머니가 다시 외쳤다.

"그럴 일 없어요!"

아빠는 이렇게 대답하며 오른쪽 차로로 끼어들려 했지만 화물차 한 대가 한사코 길을 내어 주지 않았다.

"빵빵!"

화물차가 고막이 찢어질 듯 엄청난 경적 소리를 울리는 바람에 차 안의 사람들은 혼이 쏙 빠질 정도로 깜짝 놀랐다.

"저런 망할 놈!"

할머니가 욕을 퍼부었다.

"간 떨어질 뻔했네!"

그 순간, 공기 중으로 똥 냄새가 번지기 시작했다. 할아버지 배 속으로 들어간 닭 날개와 볶음 쌀국수의 냄새가 한데 섞여 정말 구역질이 날 정도로 고약했다.

"할아버지, 혹시 싸셨어요?"

나는 잠시 숨을 참고 입도 꽉 다물었다. 이런 복잡한 냄새 말고 아까 먹었던 닭 날개 요리의 순수한 냄새가 몹시 그리워졌다.

"정말 환장하겠네! 그래서 할아버지는 외출하면 안 된다고 했잖아!"

할머니가 할아버지의 어깨를 찰싹 치며 말했다. 긴장한 할아버지는 심한 기침을 쏟아 내기 시작했고 기침을 하면 할수록 상황은 점점 더 심각해졌다. 다들 알겠지만 사람이 기침을 하면 배가 수축되고, 배가 수축되면 장은 요동치기 마련이다. 장이 요동치면…… 그렇다……. 차 안의 냄새는 점점 더 짙어져 갔다.

아무 말도 없는 사람은 아빠뿐이었다. 아빠가 창문을 활짝 열자 뒤이어 여기저기서 심호흡 소리가 들렸다. 다들 '휴, 이제 좀 살겠네!'라고 말하는 듯했다.

고속도로에서 겨우 빠져나왔는데 이번에는 주유소가 단 한 곳도 보이지 않았다. 할머니가 할아버지에게 잔소리를 퍼붓는 동안 우리는 열심히 사방을 두리번거렸다. 냄새가 좀 싫긴 했지만 난 할아버지를 충분히 이해했다. 할아버지가 결코 일부러 그런 건 아니었으니까. 할아버지를 위로해 드리고 싶었지만 할머니의 속사포 같은 잔소리 앞에서 무슨 말을 어떻게 꺼내야 할지 알 수가 없었다. 고개를 푹 숙인 할아버지의 눈가에 눈물이 살짝 맺힌 모습을 보니 가슴이 아려 왔다. 아빠는 아무 말 없이 고개만 돌려 할아버지를 바라보았다. 아마도 할머니와의 말싸움을 피하고 싶어서 그런 것 같았다.

아빠는 간신히 길가에서 사찰 한 곳을 발견하곤 서둘러 차에서 내려 할아버지를 부축했다.

차에서 내리기 전, 나는 아빠가 할아버지의 어깨를 꼭 감싸며 귓가에 이렇게 속삭이는 소리를 들었다.

"아버지, 괜찮아요! 바지만 갈아입으시면 돼요."

억지로 입꼬리를 끌어 올리려 애썼지만 할아버지의 눈빛은 점점 더 침울해졌다.

아빠와 엄마, 할머니가 할아버지를 부축해 화장실로 들어갔고 그 뒤로 얼마 지나지 않아 큰아빠의 차가 나타났다. 식구들은 전부 차에서 내려 스트레칭을 했다.

잠시 후 사촌 형이 내게 다가왔다.

"야, 상꼬맹이! 게임기 좀 빌려줘!"

"짐 쌀 때 게임기도 가방에 함께 넣었어. 지금 못 꺼내!"

사실 난 일부러 게임기를 꺼내지 않았다. 사촌 형이 '빌려 달라'며 가져가 놓고선 결코 돌려주지 않을 게 뻔했으니까.

"그래?"

사촌 형은 입을 삐죽거리며 이리저리 눈알을 굴렸다.

"그런데 여기 웬 표고버섯이 굴러다니네?"

사촌 형이 할아버지가 앉았던 자리에서 50위안 동전만 한 검은색 물체를 집어 들며 물었다.

질문이 무슨 뜻인지 몰라 내가 잠시 어리둥절해하는 사이, 뒤이어 사촌 형이 비명을 질렀다.

"뭐야, 이거 똥이잖아!"

제9막
소똥밍 할아버지

우리의 첫 번째 목적지는 타이중*의 우펑**이었는데, 바로 '소똥밍 할아버지'를 만나러 간 거였다. 소똥밍 할아버지의 본명은 '소동밍'이었지만, 몸에서 항상 진한 소똥 냄새를 풍겼기 때문에 다른 친구들이 이런 별명을 붙였다고 한다.

소똥밍 할아버지와 우리 할아버지는 굉장히 친한 사이였지만 최근 몇 년 동안은 손주들을 돌보느라 바빴던 데다 몸이 노쇠해진 탓에 서로 연락이 뜸해진 상태였다. 아빠의 연락을 받은 소똥밍 할아버지는 우리가 찾아가겠다는 말에 몹시 기뻐했다.

한적한 오솔길로 접어든 자동차가 몇 번 방향을 바꾸자 골목 어귀에서 우리를 향해 손짓하는 사람의 모습이 보였다. 아빠는 창문을 열고

---

* 臺中. 타이완 중서부에 위치한, 타이완에서 두 번째로 큰 도시.

** 霧峰. 타이중의 교외 지역.

그쪽을 향해 목례를 했다.

"저 사람이 바로 '소똥밍'이야!"

할머니가 말했다.

"저분이라고요? 할머니, 소똥밍 할아버지는 원숭이처럼 비쩍 말랐다고 하지 않았어요? 딱 봐도 우리 식구를 다 합친 것보다 몸무게가 많이 나가 보이는데요!"

"쓸데없는 소리 하지 말고 예의 바르게 행동해. 의사 아들답게 말이야. 알겠어?"

"의사 아들이란 어떤 건데요?"

"지체 높은 신분이지."

"지체 높은 신분이란 어떤 건데요?"

"그러니까……."

할머니는 잠시 말을 멈추더니 이내 큰 소리로 외쳤다.

"요게 아주! 말꼬리 잡고 늘어지는 거 카이원한테 배웠냐?"

"아니에요! 의사 아들은 어때야 하는지 정말 몰라서 그래요. 제 주위엔 아빠가 의사인 애들도 없다고요! 그리고 저는 '지체 높은 신분'이 무슨 뜻인지도 모르는 데다, 우린 '신분증'도 없단 말이에요."

"아휴, 환장하겠네! 그러니까 지체가 높다는 건…… 음, 이걸 어떻게 설명하나……."

할머니는 고개를 살짝 젖히며 아주 열심히 머리를 쥐어짰다.

"그러니까, 돈이 많다는 뜻이야!"

"아! 무슨 뜻인지 알겠어요. 우리 반 친구네 아빠는 백수인데도 비싼

스포츠카를 몰고 다니거든요. 그러니까 걔네 아빠도 '지체 높은 신분'이군요!"

"어떻게 의사랑 백수를 비교하니? 이런 멍청한 녀석! 어쨌거나 너는 어른들한테 딱 인사만 한 다음 잠자코 앉아 있어. 야단법석만 안 떨면 돼!"

"에휴, 고개만 끄덕이고 조용히 앉아 있으면 '지체 높은 신분'이 되는 거네. 가만 보니까…… 지체 높은 신분이라는 거, 완전 멍청이가 따로 없잖아!"

나는 이렇게 구시렁거렸다. 물론 할머니는 듣지 못하도록 작은 목소리로.

주차를 마치자 사촌 형이 다가와 내 귀에 대고 속삭였다.

"와우! 저 할아버지는 꼬맹이를 즐겨 잡아먹나 봐. 특히 열두 살 미만의 꼬맹이들 말이야. 왜냐하면 살점이 가장 연하니까!"

"아, 완전 짜증 나!"

나는 사촌 형을 확 밀쳤다.

물론 허튼소리임이 분명했지만 그래도 살짝 소름이 돋았다.

소똥밍 할아버지는 몸 전체가 커다란 원형이었다. 둥글넓적한 얼굴은 꼭 평평하게 눌러놓은 미트볼 같았고 가운데로 몰린 눈, 코, 입은 납작한 전병에 박힌 참깨처럼 보였다. 가느다란 실눈에 작고 붉은 입술이 눈에 띄었고 이중 턱에 가려 목이 보이지 않았다. 풍선처럼 거대하게 부풀어 오른 배 때문에 두 다리는 꼭 고기 완자에 꽂힌 대나무 젓가락 같은 모습이었다. 그리고 팔을 힘껏 휘저을 때면 온몸의 살들이 경련을 일으키듯 떨려서 기괴하게 보일 정도였다. 하지만 훨씬 더 무서운 건 소똥밍 할아버지가 사람을 반기는 방식이었다. 소똥밍 할아버지는 나를 보자마자 양팔로 덥석 안아 공중으로 들어 올렸는데, 푹신푹신한 뱃살에 얼굴이 파묻히는 바람에 거의 숨이 막힐 뻔했고 그 뱃살 속으로 내가 빨려 들어가는 건 아닌지 아찔한 기분마저 들었다.

"허허헛! 네 손자 녀석 정말 귀엽다, 귀여워!"

이어서 소똥밍 할아버지가 사촌 형을 안으려 하자, 형은 얼른 몸을 피해 버렸다.

"버르장머리 없이 무슨 짓이야!"

할머니가 큰 소리로 형을 나무랐다.

"누구처럼 좀 예의 바르게 행동해!"

아휴, 할머니가 또 시작했다! 그놈의 '누구' 타령!

소똥밍 할아버지의 부인은 그렇게 뚱뚱하진 않았지만, 애니메이션 〈아따맘마〉의 주인공 아리의 엄마와 좀 닮았고 과장된 웃음소리도 비슷했다.

한바탕 요란스러운 인사가 끝난 뒤 소똥밍 할아버지가 우리 할아버지를 부축했고, 할아버지의 부인은 우리 할머니의 손을 잡으며 집 안으로 들어갔다.

집은 평범한 아파트였는데 거실이 몹시 좁아서 대식구가 전부 들어서기엔 공간이 한참 모자랐다. 그 평계로 큰아빠네 가족은 슬그머니 빠졌다. 사실 할머니도 큰아빠네 가족이 따라 들어오는 것을 별로 원하지 않았다. 할머니를 빛내 주는 존재는 오로지 우리 가족뿐이었기 때문이다. 어쩌면 '지체 높은 신분'이란 위치는 엄청난 체면치레를 해야 하는 자리인지도 몰랐다.

"자오디!* 그때 일 기억나나? 예전에 아승이 자네가 근무하는 진료소로 3일을 내리 찾아갔었잖은가. 자네한테 그렇게 욕을 먹고도 눈 하나 깜짝하지 않고 말이야."

"맞아요! 어쩜 그렇게 뻔뻔스럽던지. '난 사랑하는 사람 있다고요!' 이렇게까지 말했는데도 죽기 살기로 나를 쫓아다니더라고요."

할머니는 할아버지를 슬쩍 째려보곤 계속 말했다.

"한번은 장화 기차역에서 만나자는 약속을 해 놓곤 몇 시간이 지나도록 일부러 안 나갔어요. 그럼 포기하겠지 싶어서 말이죠. 그런데 해가 저물 무렵 그쪽을 지나가는데 글쎄 그때까지 같은 자리에 서 있지 뭐예요. 그쯤 되니 진짜 우습기도 하고 호기심도 생겨서 내가 이렇게 물어봤죠. '내가 안 나오면 어쩔 셈이었는데요?' 그랬더니 대답하길, '그럼 나올 때까지 기다리죠!' 이러는 거예요. 세상에 이렇게 답답한 사람이 또 어디 있겠어요!"

할머니의 말에 소똥밍 할아버지가 대답했다.

"결국 오래 기다리면 이기는 게임이었군! 허허허!"

그때 한쪽에 앉아 있던 할아버지가 실없는 미소를 지어 보였다. 두 사람의 대화가 자신과는 아무런 상관도 없다는 듯한 표정이었다.

---

* 招弟. 주인공 할머니의 이름.

할머니가 예전에 간호사였단 건 나도 이미 알고 있는 사실이었다. 하지만 할머니의 학력은 그리 높은 편이 아니었고 간호학교에 다녔단 얘기 역시 들어 보지 못했다.

나는 혹시나 해서 이렇게 물어보았다.

"할머니, 할머니는 고향에서 간호학교에 다녔어요?"

"그 옛날에 간호학교가 웬 말이냐. 수습생부터 시작했지. 오래 하다 보면 자연스레 터득하게 돼. 마치 자동차 수리처럼 말이다. 이 할미가 어릴 때 집안이 얼마나 가난했는지 아니? 아버지는 소작농이었고 자식들은 또 왜 그리 많은지. 좁고 어두컴컴한 흙집엔 습기와 퀴퀴한 땀내에 닭똥 냄새도 모자라, 밥을 할 때면 땔나무 타는 연기까지 자욱했지.

내가 기억하는 어린 시절은 그저 '배고픔'이다. 그때는 밥 한 사발 온전히 먹어 보는 게 가장 큰 소원이었어. 뱃가죽이 등에 달라붙을 지경인데 공부할 돈이 어디서 나오겠냐? 그래서 열 살 때 집을 떠나 그 지역에 딱 하나였던 진료소에 간호사로 취직했지. 말이 좋아 간호사지 하녀나 다름없었어! 주사를 놓고 약을 짓는 건 일도 아니야. 청소에 빨래, 애들 돌보기까지, 하루 종일 눈코 뜰 새 없이 바빴다고. 게다가 조금이라도 실수를 하면 의사의 부인한테 욕을 바가지로 얻어먹었지. 하지만 딱히 고생이라고 생각하진 않았어. 왜냐하면 그곳에 간 다음부턴 밥 한 그릇을 온전히 다 먹게 됐으니까!"

"밥이 그냥 밥이지, 뭐 그리 대단하다고요?"

나는 이렇게 중얼거리며 속으로 생각했다. 이제 다음은 할머니의 신세타령이 등장할 차례군.

역시나 내 예상은 완벽히 들어맞았다!

"이 할미 팔자가 얼마나 사나웠는지 너는 모를 게다. 어찌나 눈물을 흘렸는지……."

할머니의 말이 시작되어 나는 얼른 화제를 돌렸다.

"애인이 있었는데 어째서 할아버지가 할머니를 쫓아다녔어요?"

정말로 궁금했다. 할아버지는 말수가 극히 적은 사람이었는데 어느 정도냐면, 할아버지의 한 달 치 말을 다 합쳐도 할머니의 하루치 수다보다 적었다. 그래서 가끔 할아버지가 느닷없이 입을 열 때면 나는 깜짝깜짝 놀라기 일쑤였다!

그렇게 과묵한 할아버지가 남의 애인을 빼앗았다고?

"난 그때 네 할아버지한테 요만큼도 관심이 없었어. 왜냐하면 진료소 의사의 큰아들이 나를 엄청 좋아했거든. 그 집에 갔을 때 나는 열 살이었고 그 사람은 열다섯 살이었어. 우리는 소꿉동무처럼 함께 자랐지. 의사의 부인한테 욕을 먹을 때마다 그 사람이 나서서 대신 변명도 해 주는가 하면, 불쌍한 나를 좀 잘 대해 주라고 자기 엄마를 설득하기도 했어.

한번은 막 소독을 마친 유리 주사기*를 실수로 떨어뜨려서 깨 먹었는데, 의사 부인이 대나무 빗자루를 들고 와서 나를 흠씬 두들겨 패지 뭐

---

* 수십 년 전 물자가 부족했던 당시에는 주사기의 재질이 유리였다. 또한 작은 진료소에는 전용 소독 기계가 없었기 때문에 사용한 주사기를 전부 한곳에 모아 뜨거운 물에 끓이는 것으로 소독을 대신했다. 이러한 방식으로는 완벽하게 소독이 되지 않아 일부 바이러스가 남기도 했는데, 이 때문에 당시 많은 타이완 사람들이 B형 간염에 걸렸다.

냐. 등짝이 찢어지는 줄 알았지. 게다가 벌로 저녁밥을 굶으라더라. 저녁 내내 등짝은 불에 덴 것처럼 아프고 배는 또 얼마나 고프던지 아주 미칠 지경이었어. 그러다가 한밤중이 되었는데 그 사람이 몰래 내 방 앞에다 만두를 두고 가는 게 아니겠니. 얼른 만두를 한입 크게 베어 먹으면서 눈물을 주르륵 흘렸지. 집을 떠난 뒤로 처음 흘린 눈물이었어. 같은 인간인데 어쩜 이렇게도 팔자가 하늘과 땅 차이일까, 이런 생각도 들었지만 한편으론 그 사람이 나한테 보여 준 애정이 너무나 감동적이었어. 그 사람은 의대에 합격했고 훗날 자기 아버지의 진료소를 물려받을 예정이었지. 어쩌면 그때쯤엔 진료소가 아닌 대형 병원이 될지도 모를 일이었고. 얼마나 기쁘던지. 그 사람이 나를 부인으로 맞이하면 나는 병원 사모님이자 지체 높은 신분이 될 테니까. 그럼 다시는 아무도 나를 무시하지 못할 테니까. 그런데……."

"그런데요?"

바로 그때 눈이 탁구공처럼 휘둥그레진 엄마가 몸을 앞으로 반쯤 기울이며 끼어들었다. 보아하니 엄마의 머릿속 가십 레이더가 또 발동한 모양이었다. 엄마는 한국 드라마를 볼 때도 딱 이랬다.

하지만 할머니는 말을 멈추더니 물끄러미 앞쪽을 응시했다. 언뜻 보면 부드럽고 온화했지만 한편으론 왠지 어둡고 망망하게 느껴지는 눈빛이었다. 할머니의 시선이 알 수 없는 저 먼 곳 어딘가를 향한 것 같기도 했는데 평소의 할머니와는 완전히 다른 모습이었다.

"어머! 꼭 드라마에 나오는 스토리 같네요!"

가슴팍 앞에서 양손을 꽉 맞잡으며 엄마가 말했다.

"자오디! 지나간 일은 다시 들춰 뭐 하게."

소똥밍 할아버지였다.

"그래, 맞아! 세상일이 어디 본인 뜻대로 되나. 다 정해진 운명대로 살아야지. 그렇게 평생 안고 갈 필요 없어. 지난 일은 물 흐르듯 떠내려가도록 그냥 놓아주게!"

이번에는 소똥밍 할아버지의 부인이 할머니를 향해 말했다.

"그냥 놓아주라니요?"

할머니가 돌연 목소리를 높이며 대답했다.

"그건 수면에 일었던 잔물결처럼 금세 사라질 만한 일이 아니에요. 내 평생의 고통이었다고요!"

할머니의 말에 순간 엄마의 눈이 두 배로 커졌다!

"이미 수십 년도 더 지난 일이야. 자네도 아승과 혼인을 했고 이렇게 훌륭한 자식까지 됐는데, 굳이 그런 원망을 품을 이유가 없지 않은가?"

소똥밍 할아버지의 부인이 옆에 나란히 앉으며 할머니의 손을 가볍게 토닥였다.

"그래서 난 맹세했어요. 내 자식만큼은 반드시 의사로 키우겠다고요. 다시는 그 누구에게도 무시당하지 않겠다고 말이에요. 산에 기대면 산이 무너지고, 물에 의지하면 물이 마른다는 말도 있어요. 결국은 스스로를 믿는 방법이 제일 확실하죠. 흥!"

할머니는 코웃음을 치며 말을 이어 갔다.

"하늘은 스스로 돕는 자를 돕는다는 말도 있죠? 내가 결국 성공했다고요!"

"너무 그러지 말게! 자네가 이곳에 온다는 소식을 듣더니, 수편이 자네를 꼭 만나겠다고 하더군."

소똥밍 할아버지의 말에 할머니가 자리에서 벌떡 일어섰다.

"뭐라고요? 방금 뭐라고 했어요?"

할머니는 한 옥타브 높아진 목소리로 소리를 질렀다.

다들 할머니의 갑작스러운 행동에 깜짝 놀랐고 이어서 몇 초간 침묵이 흘렀다.

"두 사람이 함께 자라다시피 했으니 그것도 인연이라면 인연이잖나. 게다가 지나간 일은 지나간 일이고. 수편이 조금 있다가 오기로 했으니까, 일단 만나서 얼굴 보고……."

소똥밍 할아버지의 부인이 할머니의 손을 잡으며 부드러운 말투로 할머니를 설득했지만 반응은 전혀 예상 밖이었다

할머니는 거대한 주먹에 한 방 맞은 사람처럼 비명을 지르며 울부짖었다.

"아아악!"

그리고 마치 화산이 폭발하듯 거센 기세로 손을 뿌리치고는 고래고래 소리를 질렀다.

"나랑 걔는 마주 보고 얘기 나눌 사이가 아니라고요. 우리 사이엔 원한만 남았으니까요. 그래도 두 분을 친구라고 생각했는데, 이렇게 나를 배신할 줄은 정말 몰랐네요!"

"어머니, 왜 이러세요?"

당황한 아빠가 입을 열었다.

"어머님, 일단 진정하시고 할 말 있으면 좋게 말씀하세요. 우리가 손님인데, 초대해 주신 분들에게 이러시는 건 경우가 아니죠!"

엄마도 자리에서 일어나 할머니 곁으로 다가갔다.

"자오디! 그만해!"

마침내 할아버지가 한마디 했다. 할아버지는 양손으로 소파의 팔걸이를 짚으며 쇠약해진 몸을 일으키려 했지만 부들부들 떨다가 이내 다시 털썩 주저앉고 말았다.

아빠가 재빨리 할아버지를 향해 달려갔다.

"감히 나를 만나러 와? 걔가 왜? 뭣 때문에!"

할머니는 악을 쓰면서 양손을 마구 휘저었다. 너무 흥분한 탓인지 아니면 응어리진 분노가 가슴에 사무친 탓인지 할머니는 목구멍으로 울분을 토해 냈다. 그리고 잠깐 숨을 돌리더니 또다시 소리를 지르기 시작했다.

"자기가 돈 좀 있다 이거야? 아님 지체 높은 신분이라 이거야? 제 얘기 똑똑히 전해 주세요. 지금은 나도 자기 못지않다고 말이에요! 도대체 두 분이 무슨 자격으로 나더러 걔를 만나라 말라 해요?"

"어머님, 그만하세요, 좀."

엄마는 할머니를 진정시키면서 몸을 돌려 소똥밍 할아버지의 부인을 향해 허리를 숙였다.

"죄송합니다! 정말 죄송해요! 저희 어머님이 흥분해서 그래요!"

"자오디, 이러지 말게! 별다른 뜻은 없어. 그저 두 사람이 오해를 풀도록 도와주고 싶었을 뿐이네. 이제 살 만큼 살았고 얼마 남지 않은 인생인데 그런 원한을 관 속까지 품고 갈 필요가 없지 않나……."

소똥밍 할아버지의 부인이 말했다.

"난 이 원한을 관 속까지 품고 갈 거예요. 그리고 다음 생에서도 쭉 개를 원망할 거라고요."

할머니는 활활 타는 눈빛으로 이를 갈며 대답했다.

"아아…… 자오디, 자오디, 제발 좀!"

할아버지가 고개를 절레절레 흔들었다.

"그만 가자고!"

할머니가 손을 내저으며 외쳤다.

"다들 나와. 난 개랑 만날 생각 추호도 없어!"

그러고는 성큼성큼 현관을 향해 걸어갔다. 어쩔 줄 모르고 잠시 멍하게 서 있던 엄마가 얼른 할머니를 뒤쫓았다.

"몇 년 만에 어렵사리 여기까지 와 놓고선, 자오디……."

소똥밍 할아버지의 부인이 멀어지는 할머니의 뒷모습에 대고 외쳤지만 할머니는 이쪽으로 고개조차 돌리지 않고 밖으로 나가 버렸다.

"소똥밍! 이런 꼴을 보이다니, 정말 미안하네! 저 사람 성미가 워낙 불같으니, 내가 가서 설득해 볼게. 너무 신경 쓰지 말게."

할아버지가 거미줄처럼 가느다란 목소리로 말했다.

아빠가 할아버지를 부축해서 일으켰다. 할아버지의 등이 유독 더 굽어 보였고 눈빛 역시 한층 힘이 빠져 보였다.

"원한은 맺는 게 아니라 풀어야 하는 거라는데, 자네가 설득 좀 해 보게!"

소똥밍 할아버지가 구부정한 할아버지의 등을 두드리며 말했다.

"최근 몇 년 동안 자네도 참 난처했겠어!"

끙, 하고 신음을 내뱉은 할아버지는 아빠의 팔에 기댄 채 소똥밍 할아버지의 집에서 빠져나왔다.

제10막
가짜가 진짜가 되다

기분 좋게 나선 길이었는데 첫 번째 관문부터 이렇게 얼굴 붉힐 일이 생길 줄은 정말 몰랐다.

이어지는 일정은 호텔 체크인이었다. 큰아빠와 큰엄마는 소똥밍 할아버지네 집에서 무슨 일이 벌어졌는지 모르는 상태였고, 사촌 누나와 사촌 형은 무슨 일이 벌어졌든 본인들과는 아무 상관 없다는 식이었다. 아무튼 큰아빠네 식구들은 처음부터 소똥밍 할아버지네 집에 가는 걸 별로 내켜 하지 않았다.

호텔 방에 들어서자마자 사촌 누나와 사촌 형이 침대로 돌진했다. 사촌 형은 침대를 트램펄린 삼아 방방 뛰기 시작했고, 사촌 누나는 인명 구조용 에어 매트리스 위로 떨어지는 사람처럼 이 침대에서 저 침대로 날아다녔다.

"팅원, 카이윈, 얌전히 굴지 못해!"

큰엄마의 말에 엄마가 웃으며 대답했다.

"뭐 어때요, 형님. 애들이 다 그렇죠!"

나는 엄마의 말을 듣자마자 얼른 신발을 벗었다. 하지만 미처 침대에 오르기도 전에 날카로운 외침이 귀에 와서 꽂혔다.

"민원, 뭐 하는 짓이야?"

"나도 뛸래!"

"안 돼, 당장 내려와!"

미간에 주름을 만들며 엄마가 나를 사나운 표정으로 노려봤다.

"왜? 형이랑 누나는 된다면서 왜 난 안 돼?

"그게…… 그러니까…… 넌 너무 어려서 안 돼!"

"너무 어리다고? 카이원 형이랑 나랑은 딱 두 살 차이라고!"

"글쎄 엄마가 안 된다면 안 돼!"

엄마는 이를 꽉 물며 느릿느릿 힘주어 말했다.

어른들은 항상 이렇게 이중적인 잣대를 들이대며 본인의 자식보다 다른 집 자식들에게 훨씬 더 잘해 준다. 하지만 오늘은 분위기가 영 심상치 않았기 때문에 더 이상 엄마에게 따져 묻지 않기로 했다. 눈치 하면 또 이 몸 아닌가! 지금 상황으로 봐선 일단 얌전히 신발 끈을 다시 묶는 쪽이 안전한 행동이었다.

호텔로 돌아온 뒤 가장 심상치 않은 사람은 바로 할머니였다. 평소엔 가족들과 끊임없이 말다툼을 벌이다가 결국엔 항상 눈물 콧물 쏟으며 자신의 신세가 얼마나 불쌍한지 한탄하던 할머니였는데, 오늘은 전혀 달랐다. 한스러운 원망도, 퍼붓는 악담도 없었고 심지어 한마디 말조차 없이 침묵을 지켰다.

할아버지는 또 어떤가? 아까만 해도 안색이 괜찮았던 할아버지는 소똥밍 할아버지의 집에서 나온 뒤부터 꼭 바람 빠진 고무공처럼 온몸이 움츠러들었고 얼굴의 주름도 몇 배는 많아진 것 같았다. 그리고 그 옆에서 울상을 짓고 있는 또 한 사람은 바로 엄마였다. 엄마는 안절부절 못하며 어이없어했지만 동시에 궁금한 기색 또한 역력했다.

"당신 어머니 왜 저러서? 남의 집에 가서 어쩜 그러실 수가 있어?"

엄마가 적당한 틈을 타 아빠를 붙잡으며 물었다.

아빠와 엄마가 할머니에 대한 이야기를 할 때, 할머니를 어떻게 부르는지 들어 보면 엄마의 기분을 파악할 수 있었다. 만약 좋은 일이거나 그저 사소한 일이라면 '어머님'이었고, 할머니의 행동에 불만이 생겼을 때는 '당신 어머니'였다. 또한 평소에는 아빠를 '여보'라고 불렀지만 아빠와 싸우고 난 뒤엔 '네 아빠한테 가서……', '네 아빠더러 식사하시라고 해' 하는 식으로 중간에 나를 끼워 넣었다.

앗, 이야기가 또 엉뚱한 데로 빠져 버렸다! 아무튼 다시 본론으로 돌아가면, 엄마는 지금 할머니의 행동이 영 못마땅한 상태였다!

"아버님을 위해서 이렇게 어렵사리 먼 길을 왔는데, 당신 어머니가 다 망쳐 놓으셨으니 어쩌면 좋아! 당신 어머니가 무슨 성질을 어떻게 내시든 우리 집에선 그러려니 했어. 그런데 다른 분 댁에 가서 그러시면 어떡해? 그분들이 이해해 주셨기에 망정이지 만약 진짜 싸움이라도 났으면 얼마나 난처했겠냐고……."

엄마는 10분 가까이 퍼붓고 나서도 여전히 말을 멈추지 않았고 아빠는 그저 묵묵히 듣기만 했다. 갑자기 아빠와 할아버지가 참 닮았다는 생각이 들었다.

"아휴! 뭐라고 말 좀 해 봐!"

아빠는 계속해서 침묵했다. 그러면서 반들반들한 턱을 더듬다가 깨끗하게 깎여 나가지 않은 수염 한 올을 손가락으로 잡아당겨 뽑은 다음 그 수염으로 다시 턱을 살살 찔렀다. 무언가를 생각할 때마다 나오는 아빠의 버릇이었다.

"내 말 듣고 있는 거야?"

엄마가 다시 한번 물었다.

"응!"

이번에는 아빠가 대답을 했다.

"응, 이라니 무슨 대답이 그래?"

엄마는 이렇게 물으며 아빠한데 다가갔다. 그리고 아빠의 옷사락을 붙잡으며 아주 부드럽고 상냥한 목소리로 애교까지 살짝 섞어 가며 다시 물었다.

"있잖아, 혹시 전에 뭐 들은 얘기 없어? 당신 어머니랑 아버님의 러브 스토리에 대해서 말이야."

손바닥 뒤집듯 재빠른 태세 전환은 엄마의 초능력 중 하나였다.

"없어."

아빠는 계속해서 수염으로 입가를 찌르며 대답했다.

"그 수편이란 분은 도대체 누구야? 당신 어머니는 왜 그렇게 그분을 미워하는데? 그럼 당신 어머니한테는 원래 의대생 남자 친구가 있었는데 아버님이 그 사이에 끼어들었단 말이야? 어떻게 그러실 수가 있어?

물론 아버님도 소싯적엔 엄청 멋있으셨겠지. 그런데 당신 어머니 얘길 들어 보면 그 의대생이 어머니를 무척 사랑했던 것 같긴 해. 그러니까 지금까지 저렇게 잊지 못하고……."

그때 아빠가 자리에서 일어서며 버럭 소리를 질렀다.

"그만 좀 해!"

그러곤 방 밖으로 나가 버렸다.

"물어보지도 못해? 왜 화는 내고 그래!"

엄마가 입을 비쭉 내밀고 꿍얼거렸다.

와, 이제 엄마랑 아빠도 전쟁이네. 혹시나 괜한 불똥이 튈까 봐 나는 얼른 아빠의 꽁무니를 쫓아 밖으로 빠져나왔다.

호텔 정원으로 나왔더니 큰아빠랑 사촌 누나, 사촌 형이 전부 그곳에 모여 있었다. 아빠는 나를 데리고 얼른 다른 곳으로 피하려 했지만 우리를 발견한 사촌 형이 큰 소리로 외쳤다.

"야, 상꼬맹이! 게임기 갖고 나왔냐? 나 좀 빌려줘!"

나는 사촌 형을 향해 양팔을 벌리며 어깨를 으쓱해 보였다.

"어떻게 물어볼 때마다 맨날 없냐."

사촌 형은 마치 내가 빚쟁이라도 되는 양 눈을 흘겼다.

"심심해 미치겠네. 그냥 타이베이에 남아서 친구들이랑 워크래프트*나 할걸!"

---

*   컴퓨터 게임 이름.

이 말을 들은 아빠가 주머니에서 아이폰을 꺼내 사촌 형에게 건넸다. 순간 사촌 형의 얼굴에 봄바람이 일더니 만개한 복숭아꽃처럼 두 눈이 반짝였다.

"작은아빠, 짱짱맨!"

옆 탁자로 자리를 옮긴 사촌 형과 누나는 곧바로 게임 삼매경에 빠졌고, 아빠는 자리에 앉아야 하나 계속 서 있어야 하나 적잖이 난처해하는 눈치였다.

"아순!"

큰아빠가 먼저 입을 열었다.

"이거 돌려줄게."

셔츠 주머니에서 빨간색 봉투를 꺼내며 큰아빠가 말했다. 봉투 겉에는 '생신을 축하합니다'라는 큼지막한 글자가 보였다. 요전에 큰아빠가 마련한 거라고 거짓말하며 할아버지한테 드린 바로 그 돈 봉투였다.

아빠는 어쩔 줄 몰라 했다. 그야말로 받기도 곤란하고 그렇다고 받지 않아도 곤란한 상황이었다.

"내가…… 아버지한테 그거 드리기 전에 먼저 말 못 한 건…… 그러니까……."

"괜찮아!"

큰아빠가 얼른 아빠의 말을 막았다.

잠시 동안 두 사람은 아무 말도 하지 않았고 서로를 처다보지도 않았다. 얼음장처럼 냉랭한 분위기 속에서 사촌 누나랑 사촌 형이 스마트폰 게임을 하며 낄낄대는 소리만 들려왔다.

“형······.”

아빠가 목구멍 깊숙한 곳에서부터 울리는 무거운 목소리로 한마디를 꺼냈다. 그러고는 한참을 침묵하다가 다시 말을 이어 갔다.

“형, 이 봉투는 그냥 형이 보관해! 머잖아 연말인데 그때 아버지한테 드리든가 아니면 어머니 드려. 하루 종일 어머니 잔소리 듣기 싫으면 말이야.”

“걱정 마. 요즘 틈틈이 일당 버는 일 해서 이 정도 돈은 모아 뒀어. 안 그래도 아버지 치료비로 큰돈이 들어갈 텐데, 그건 내가 사정이 좋아지는 대로 천천히 갚을게!”

“형한테 치료비 달라는 얘기 할 생각은 요만큼도 없어.”

“나도 알아! 하지만 그래도 내가 명색이 형이잖아. 너한테 부모님을 모시게 했는데, 어떻게 치료비까지 혼자 책임지라고 하겠냐! 내가 널 볼 면목이 없다.”

큰아빠는 침을 한 번 꿀꺽 삼키곤 다시 입을 열었다.

“아순, 사실······ 그게······ 너는 어떻게 생각할지 모르지만 내가 그렇게 온종일 빈둥거리면서 살진 않아. 나도 정말 일자리를 찾고 싶은데, 생각처럼 쉽지가 않아서 말이야. 어릴 때 공부 안 하고 말썽만 피웠던 거, 기술 하나 배워 두지 않았던 거, 요새 정말 후회하는 중이야. 다 커서는 술이나 마시고 빈랑이나 씹느라 몸은 또 상할 대로 상했고. 이제 나이도 먹을 만큼 먹었으니 정신 차리고 잘해 보려 하는데, 그게 참 어렵네······.”

“내가 그런 말은 하지 말았어야 했는데, 그게······ 내 말은······.”

그때 갑자기 사촌 누나가 끼어들었다.

"작은아빠, 혹시 지금 우리 아빠한테 사과하고 싶어서 그래요?"

순간 아빠의 얼굴이 트럼프 카드의 킹처럼 굳어지더니 입가가 미세하게 떨렸다.

"너희는 게임이나 계속해!"

큰아빠가 버럭 소리쳤다.

"내 말이 맞잖아요. 사과하고 싶으면 하면 되지, 뭘 그렇게 우물쭈물하세요!"

사촌 누나가 한마디도 지지 않고 대꾸했다.

"어른들은 항상 저래. 맨날 아닌 척하고, 정말 피곤하다니까!"

스마트폰 화면에 시선을 고정한 사촌 형까지 불쑥 끼어들었다.

"너희들 한 대 맞아야 정신 차리지?"

큰아빠가 사촌 형을 향해 손을 뻗자 아빠가 얼른 손목을 붙잡으며 말렸다.

"이제 다 큰 애들이잖아. 그러지 마."

그러자 사촌 누나가 웃는 듯 마는 듯 의미심장한 표정을 지으며 아빠와 큰아빠를 바라보았다.

"작은아빠! 원래는 할아버지한테 사이좋은 모습을 보여 드리려고 꾸며 낸 가짜 연극이었잖아요. 그런데 지금 두 분을 보니 '가짜가 도리어 진짜가 되다'라는 말이 떠오르는데요?"

"가짜가 진짜가 됐다고? 누나, 아빠랑 작은아빠가 무슨 청춘 드라마라도 찍는 줄 알아?"

저렇게 게임에 열중한 상태로 다른 사람 말에 참견까지 하다니, 사촌 형은 정말이지 대단했다.

"닥치고 그냥 게임이나 해!"

입으로는 이렇게 소리쳤지만 큰아빠의 말투는 아까보다 훨씬 부드러웠다. 큰아빠가 아빠를 힐끗 봤는데, 때마침 아빠도 큰아빠를 돌아보았고 눈빛이 마주친 두 사람은 서로 당황해 하며 시선을 각자 다른 곳으로 돌렸다.

스산한 바람이 불어오자 아빠가 숨을 들이켜며 몸을 부르르 떨었다.

"벌써 연말이라니, 시간이 정말 눈 깜짝할 새 지나가네! 예전엔 시간이 이토록 소중한 줄 몰랐어. 그런데 카운트다운을 하고 있자니 1분 1초가 너무나 아까워. 손가락 사이로 흘려보낸 시간은 아무리 돌이키려 해도 되돌릴 방법이 없으니까."

아빠가 맑게 갠 하늘을 올려다보며 말했다.

"하아, 아버지한테는 시간이 얼마나 남았을까? 내년 연말쯤엔 아버지가 어디에 계실까? 남은 시간 동안 부디 편안히 지내셨으면 좋겠는데, 아버지가 마음 쓰셔야 할 일이 너무 많네……."

아빠는 가슴을 부풀리며 숨을 깊게 들이쉰 뒤 계속 말을 이어 갔다.

"매번 형 얘기를 할 때마다 한숨짓는 아버지가 얼마나 안타까운지 몰라. 아버지는 늘 형 걱정이서. 팅원이랑 카이원이 아직 어리니까 앞으로 학비도 많이 들 텐데 형이 일자리를 못 찾으니 앞으로 어떻게 살아가겠느냐고 말이야. 게다가 형이 고혈압에 당뇨까지 앓는다는 말에 밤마다 잠을 못 주무실 정도라고. 요전엔 한밤중에 나한테 이런 말도 하셨어. '난 죽는 건 두렵지 않다. 단지 내가 마음이 안 놓이는 일이 몇 가지 있는데 첫째는 아직도 저렇게 자리를 제대로 잡지 못한 네 형이고, 둘째는 너희 형제와 네 어머니의 관계란다.' 그래서 내가 이렇게 말씀드렸지. '제가 보증할게요. 제가 있는 한 형네 가족이 먹고살 걱정은 없어요. 그리고 어머니와의 관계는 최선을 다해 노력해 볼게요.' 그러자 아버지가 모처럼 환하게 웃으셨어."

아빠는 눈을 깜빡이며 코를 킁킁거렸다.

"형……. 동생 주제에 형한테 이래라 저래라 할 자격은 없지만……."

"아순, 괜찮아. 나도 다 알아!"

큰아빠는 초조한 감정을 감추려는 듯 양손을 끊임없이 비비며 얼른 아빠의 말을 막았다.

"내가 그래도 형인데 어떻게 너더러 날 먹여 살리라고 하겠냐! 아버지가 무슨 걱정을 하시는지 나도 잘 알아. 그런데…… 그런데…… 뭘 어떻게 해야 할지 나도 모르겠어. 아순! 나도…… 나도 말이야…… 백수가 되고 싶진 않았지만, 상황이 정말로 좋지 않았어. 그래도 이 말은 꼭 할게. 계속 열심히 노력하겠다고 말이야."

"작은아빠."

그때 사촌 누나가 끼어들었다. 사촌 형과 누나는 어느새 게임을 멈추고 큰아빠와 아빠의 말을 듣고 있었다.

"작은아빠, 제가 증인이에요. 아빠는 정말 열심히 노력 중이라고요. 보시다시피 아빠는 술이랑 담배도 끊고 빈랑까지 끊었어요."

"진작 끊었어야지! 빈랑 냄새가 얼마나 고약한데. 게다가 시뻘건 입술을 보면 꼭 한밤중에 무덤가에서 시체를 갉아 먹는 좀비 같단 말이야!"

사촌 형이 입을 실쭉거리며 이렇게 말하자 사촌 누나가 어깨를 툭 치며 쏘아붙였다.

"이 등신아! 그런 얘기는 뭐 하러 해!"

"진작 끊었어야 했지!"

큰아빠가 쓴웃음을 지으며 말했다.

"그리고 네가 팅원한테 준 '당뇨 환자가 피해야 할 열두 가지 음식'도 이미 다 읽어 봤어!"

잠깐 침묵하던 큰아빠가 다시 입을 열었다.

"아순, 고맙다!"

큰아빠와 아빠가 서로를 응시했다. 주위가 어둑어둑했지만 나는 똑똑히 보았다. 이번에는 두 사람 모두 서로의 눈길을 피하지 않았다.

제11막
수펀 할머니

이른 아침, 아빠와 큰아빠가 양쪽에서 할아버지를 부축하고 호텔 식당으로 들어왔다.

"난 당신들 물건 안 훔쳤어. 나를 붙잡을 일이 아니라 저 여자를 잡아야 한다고."

할아버지가 턱짓으로 할머니를 가리키며 말했다.

"저 여자가 훔쳤다니까. 저 여자가 내 돈까지 훔쳐 갔다고! 얼른 저 여자 잡아."

할아버지는 힘없는 몸으로 마구 발버둥을 쳤다.

호텔로 돌아온 뒤 할아버지는 또다시 치매 증상을 보였고, 어젠 할머니가 자신의 돈을 훔쳐 갔다며 밤새도록 소란을 피웠다.

"아버지, 아무도 아버지 안 잡아가요. 안심하세요. 저희는 아버지 모시고 아침 먹으러 왔어요!"

큰아빠가 말했다.

"아버지, 괜찮아요. 걱정 마세요!"

이번엔 아빠였다.

아빠와 큰아빠가 겨우겨우 할아버지를 자리에 앉히는 데 성공하자 이번에는 할머니의 악담이 시작됐다.

"미쳐도 아주 단단히 미쳤어. 시끄러워 죽겠네. 귓구멍이 막혔는지 무슨 말을 해도 듣질 않더니, 이젠 나더러 자기 돈까지 훔쳐 갔다네! 설사 저 실성한 늙은이 팬티를 훔쳤다 한들 걸레로도 못 쓸 텐데, 정말 환장할 노릇이구먼!"

"뭐야? 돈 말고 내 팬티까지 훔쳤다고?"

할아버지의 목소리가 한층 커지자 식당 손님들의 시선이 일제히 우리에게 쏠렸다.

"훔치긴 뭘 훔쳤다고 그래!"

할머니 역시 큰 소리로 대꾸했다.

"맞아! 어제 내 팬티 훔치는 거 똑똑히 봤어!"

할아버지는 이렇게 외치며 큰아빠를 향해 말했다.

"경찰 나리, 저 여자 좀 잡아가. 저 여자 방을 뒤지면 분명 내 팬티가 나올 거라고!"

"또 헛소리네! 당신이랑 나랑 같은 방을 쓰는데, 그럼 당연히 당신 팬티가 나오겠지!"

"이거 봐, 저 여자가 자백했어!"

할아버지는 씩씩거리다가 잠깐 무언가를 골똘히 생각하더니 다시 소리를 질렀다.

"이 도둑년, 물건을 훔치고선 도망도 안 가고 내 방에서 잠까지 잤다고?"

"쉿, 할아버지, 목소리 좀 낮추세요!"

그때 사촌 누나가 끼어들었다.

"넌 누구야? 너도 저 여자처럼 내 돈이랑 팬티 훔쳐 가려고 왔어? 그리고 내 방에서 잤어?"

눈을 동그랗게 뜬 할아버지가 사촌 누나를 노려보았다.

나는 얼른 사촌 누나를 한쪽으로 끌고 간 다음 이렇게 말했다.

"누나, 노트랑 볼펜 있지? 좀 빌려줘!"

"그건 뭐 하게?"

사촌 누나는 투덜대며 일기나 시나리오를 적어 두기 위해 항상 지니고 다니는 작은 노트를 꺼내 주었다. 누나 말에 따르면 위대한 감독이란 모름지기 언제 어디서나 예리한 시각과 사고를 견지해야 한다나.

나는 얼른 노트 한 장을 찢어서 이렇게 적었다.

'본인 천자오디는 장아슝 선생에게 일금 1000위안과 팬티 한 장을 빌렸고, 돈이 생기는 대로 갚겠음.'

그리고 이 쪽지를 할아버지의 손에 쥐여 드렸다.

"아슝, 자오디는 네 돈을 훔친 게 아니라 빌린 거야. 봐, 이렇게 차용증도 썼잖아! 돈이 생기는 대로 갚고 이자

까지 계산해 주기로 했다니까! 팬티는 자오디가 자기 것을 안 가져와서 일단 빌려 입었는데, 좀 이따 돌려준대.”

차용증을 꼼꼼히 뜯어본 할아버지는 천천히 고개를 들어 미심쩍은 눈빛으로 할머니를 빤히 응시했다.

할머니는 폭발하기 직전의 공갈빵 같은 얼굴로 나를 당장이라도 잡아먹을 듯 노려보며 호통쳤다.

“할아버지가 정신 줄 놓았다고 너까지 이럴래!”

한참 쪽지를 들여다보던 할아버지는 차용증을 조심스레 접어서 셔츠 주머니에 집어넣고는 이렇게 말했다.

“말도 한마디 없이 돈을 빌려 가다니!”

그런 다음 할머니를 위아래로 훑어보며 한마디를 덧붙였다.

“이렇게 커다란 궁둥이에 내 팬티가 들어가겠어? 찢어질 텐데!”

“아니…… 당신…… 당신…….”

화가 머리끝까지 치솟은 할머니는 한동안 말을 잇지 못했다.

그때 사촌 형이 사촌 누나의 옷자락을 끌어당기며 물었다.

“할머니가 진짜로 할아버지 팬티 입었어?”

“아유, 이런 등신!”

누나는 흰자위를 번뜩이며 형을 째려보았다.

아빠는 한숨을 내쉬며 살짝 쓴웃음을 지었고 커다란 손으로 내 머리를 쓰다듬었다.

마침내 평화로운 아침 식사가 시작되었다. 나는 다양한 중식과 양식이 종류별로 갖춰진 호텔 조식을 가장 좋아했다. 그리고 평소와는 다르게 엄마가 먹으라는 음식도 고분고분 먹었다.

"야, 상꼬맹이, 이건 무슨 생선회야? 왜 고추냉이가 없어?"

사촌 형이 내 곁으로 다가와 귀에 대고 속삭였다.

"누가 훈제 연어를 죽이랑 같이 먹어? 게다가 월과* 장아찌까지 곁들여서?"

"상꼬맹이, 그렇게 큰 소리로 말할 필요는 없잖아? 난 원래 이렇게 먹는 거 좋아한다고. 상관 마!"

사촌 형이 눈을 흘겼다.

순간 사촌 형의 체면이 구겨졌다는 사실을 깨달은 나는 얼른 목소리를 낮추며 이렇게 말했다.

"그게 아니고, 이건 생선회가 아니라 훈제 연어라고. 샐러드랑 같이 먹는 거야."

그러곤 사촌 형의 귀에 대고 속삭였다.

"내가 한 접시 가져다줄게. 형이 담아 온 접시는 할머니 드려. 어차피 할머니는 뭘 드시든 트집을 잡으니까!"

내 말이 끝나자마자 사촌 형은 곧장 할머니와 할아버지가 자리를 잡은 테이블로 향했다.

바로 그때, 아빠의 스마트폰이 울렸다. 아빠는 다른 사람들이 눈치채지 못하도록 야외의 카페로 나가더니 구석에 숨어서 전화를 받았다. 한 손으로 입을 가리고 통화를 하던 아빠는 이따금 당황한 기색이 역력한

---

*   오이와 비슷한 채소.

눈빛으로 이쪽을 바라보았다.

갑자기 내 마음속에 짙은 불안감이 엄습해 왔다. 이건 드라마에서 자주 보던 장면 아닌가? 설마…… 설마……. 마치 고압 전기에 감전된 듯 온갖 잡생각이 머릿속을 관통해 갔다. '설마 아빠가 바람을 피우나?', '아니야, 아니라고! 그럴 리 없어!', '그런데 왜 저렇게 전화를 숨어서 받지? 아빠한테 뭔가 말 못 할 일이 생긴 걸까?' 별안간 수많은 화면들이 내 머릿속을 스쳐 지나갔다. 이혼을 하자며 다투는 엄마와 아빠. 묘한 분위기의 여자를 꼭 껴안은 아빠. 울며불며 짐을 싸서 집을 나가겠다는 엄마.

맙소사! 그럼 난 엄마와 아빠 중 누구랑 살아야 하나? 머리를 흔들며 생각했다. 우리 아빠는 결코 그런 사람이 아니야. 하지만 시선은 나도 모르게 엄마를 향하는 중이었다. 그 순간 내 눈앞의 엄마가 꼭 폭발하는 화산처럼 보였다. 엄마의 동공이 불꽃처럼 활활 타올랐고 엄마의 머릿속 마그마가 펄펄 끓어오르며 '부글부글' 거품 터지는 소리가 내 귀에까지 들리는 듯했다. 아직 아무것도 눈치채지 못한 엄마가 마치 지금 나와 똑같이 생각하기라도 하는 듯 말이다.

잠시 뒤 아빠가 식당 안으로 들어오더니 이렇게 말했다.

"음…… 저기…… 그러니까…… 내 대학 동창이 바로 이 근처에 살거든……. 오랜만에 그 친구 만나서 옛날 얘기나 좀 하려고. 금방 갔다 올게!"

새빨개진 얼굴과 흔들리는 눈빛으로 한참을 둘러대는 모습만으로도 지금 아빠가 거짓말을 한다는 사실을 모두가 눈치챌 정도였다.

"동창, 누구?"

엄마가 고개를 갸웃거리며 곁눈질로 아빠를 보았다.

"있잖아…… 그 친구……. 말해도 당신은 몰라!"

아빠는 당황한 기색으로 손을 휘휘 젓더니 식당 입구 쪽으로 걸어가며 이렇게 한마디를 던졌다.

"나 먼저 나간다. 금방 돌아올게!"

그러자 엄마가 재빨리 소리쳤다.

"잠깐만, 민원도 데려가!"

"나?"

나는 손가락으로 내 코를 가리키며 엄마를 향해 물었다.

"아직 밥도 다 안 먹었는데!"

"엄. 마. 가. 가. 라. 면. 가!"

엄마는 꽉 깨문 입술 사이로 조용히 한마디 덧붙였다.

"잔소리 말고! 얼른!"

그러면서 나를 앞으로 쑥 떠밀었다. 하여간 매번 이런 식이라니깐!

차 뒷좌석에서는 아빠의 표정이 잘 보이지 않았다. 하지만 찰거머리처럼 따라붙은 나를 아빠가 눈엣가시처럼 여길 게 뻔했다. 정말이지 상상도 못 한 일이었다. 아빠처럼 근엄하고 재미없는 사람이 바람을 피울 줄이야. 아니다, 어쩌면 아빠처럼 답답한 성격의 사람들은 오히려 다른 곳에서 자극이 될 만한 일을 찾는지도 모른다. 이런저런 생각을 하는 동안 차는 어떤 타운하우스 건물 앞에 도착했고 문 앞에는 한 백발의 노부인이 서 있었다.

"아빠!"

나는 깜짝 놀라 소리쳤다.

"아무리 그래도 저 여자는 너무 나이가 많잖아!"

"그게 무슨 소리야?"

운전석에 앉은 아빠가 영문을 모르겠다는 얼굴로 나를 돌아보았다.

"저…… 저…… 저 여자가 아빠의 숨겨진……."

미처 말을 끝내기도 전에 내 머리통으로 아빠의 꿀밤이 날아왔다.

"아얏! 아파!"

"어린애가 못 하는 소리가 없어! 저분은 할머니의 옛 친구인 수편 할머니라고! 어제 소똥밍 할아버지가 말씀하셨던 바로 그분이야."

"아, 그러니까 아빠의 애인이 아니라 어제 할머니가 만나기 싫어했던 그 분이구나."

난 그때서야 비로소 상황 파악이 되었다.

"어제 할머니가 저분 얘기를 듣자마자 막 이상하게 굴었잖아. 맞지?"

"그래, 맞아! 그러니까 이따가 호텔로 돌아가서 행여라도 이상한 소리 하면 안 돼. 알겠어?"

수편 할머니는 머리카락이 온통 하얗게 세었고 얼굴엔 주름도 많았지만, 이목구비를 보면 젊은 시절엔 무척이나 청초하고 예뻤을 것 같았다. 그리고 말투가 엄청 고상하고 우아한 데다 몸동작 하나하나에서 무어라 말할 수 없는 편안함이 느껴졌다.

아빠와 나는 그 집 거실에 앉아 수편 할머니가 들려주는 어린 시절 이야기를 들었다.

"소똥밍은 나의 외사촌 오빠야. 자네 전화번호도 오빠를 통해서 알게
됐지."

수펀 할머니가 아련한 눈빛으로 먼 곳을 응시했다.

우리 할머니와 수펀 할머니는 어린 시절을 함께 보낸 자매 같은 사이
였다. 다른 점이라면 수펀 할머니는 지주의 딸이었고 할머니는 소작농
의 자식이었다는 사실이다.

우리 할머니네 집은 7남매의 대식구였고 그중 장녀였던 할머니는 생
활의 압박과 어려움을 온몸으로 느끼며 자랐다. 게다가 부모님이 애지
중지하는 맏딸이란 위치 때문에 다른 자매들과 잘 어울리지 못하고 혼
자 외로움을 느낄 때가 많았다. 이런 상황에서 할머니와 수펀 할머니는
서로의 고민을 털어놓으며 속마음을 나누는 좋은 친구가 되었다.

두 사람이 아홉 살이던 해, 엄청난 태풍과 홍수로 마을 인근의 모든
밭이 물에 잠겨 버리자 할머니네 집은 소작료를 내지 못한 것은 물론이
고 당장 먹고살 길마저 막막해지고 말았다.

"우리 어머니가 그 집에 소작료 독촉장을 보내기 전날, 내가 기한을
좀 연장해 달라고 간절히 부탁했었지. 하지만 어머니는 이렇게 말씀하
시더군. '연장이라니? 모든 소작농이 그렇게 기한을 연장해 달라고 하
면 우리는 뭐 먹고 사니?'라고 말이야.

그래서 다시 한번 졸랐어. '엄마! 제발 부탁이야! 나랑 자오디는 가장
친한 친구란 말이야. 내 체면을 봐서라도 이번 한 번만 넘어가 줘. 내년
에 농사가 잘되면 그때 두 배로 갚으라고 하면 되잖아. 응?'

하지만 어머니는 오히려 날 꾸짖었어. '어린애한테 체면이라니, 그런

게 어디 있니? 그리고 체면이 뭐가 그리 중요해? 지금 내 코가 석 잔데 남 걱정할 때야?'

그래서 난 더 이상 아무 말도 하지 못했네. 그런데 바로 다음 날, 우리 어머니가 나를 끌고 자네 어머니 집을 찾아가 온 동네 사람들 앞에서 자네 어머니한테 망신을 줬어. '주제를 알아야지. 네가 무슨 자격으로 우리 딸이랑 친구가 돼? 소작농 자식이 지체 높은 아가씨랑 어울려 다니면서 신분 상승이라도 하려고? 사람은 다 끼리끼리 만난다는 말 못 들어 봤어? 숨어 사는 곱사등이한테는 동네 바보나 어울리지. 사람은 다 자기 분수에 맞게 살아야 해. 지금 네 처지가 어떤지 똑똑히 좀 봐라! 경고하는데, 다시는 우리 수편이랑 어울리지 말거라. 또 한 번만 그랬다간 소작하는 땅도 다 뺏어 올 테니까!'

나는 우리 어머니한테 애원하다시피 빌고 빌었어. '엄마, 제발! 제발 그만해!'

자네 외할아버지는 연신 고개를 숙이며 사과했고 집 안에 있던 동생들 중 몇몇은 밖으로 나와 자신의 아버지를 에워쌌지. 또 몇몇은 담장 구석에 숨어 큰 소리로 울음을 터뜨렸어. 자네 외할머니는 자네 어머니 허벅지를 마구 꼬집으면서 이렇게 말했네. '죄송합니다, 죄송합니다! 제가 자식 교육을 제대로 못 시키는 바람에 지체 높은 아가씨께 폐를 끼쳤네요. 다시는 그러지 못하도록 단단히 일러두겠습니다!'

자네 어머니는 그저 허벅지를 문질렀을 뿐 눈물을 보이지 않았어. 하지만 증오와 원망이 가득한 눈빛으로 이렇게 말했지. '언젠간 반드시 지체 높은 사람이 될 거야!'라고.

그때 나는 감히 자네 어머니의 눈을 똑바로 쳐다볼 수가 없었어. 그저 곁눈질로 훔쳐보기만 했지. 그리고 분명히 깨달았어. 우리 사이의 우정은 완전히 깨져 버렸다는 사실을 말이네.

얼마 지나지 않아 소식을 들었는데, 자네 어머니의 막내 남동생이 이웃 마을로 팔려 갔다고 하더군."

"저도 알고 있어요. 얼굴도 뵙지 못한 삼촌이 한 분 계시다고요."

수펀 할머니는 고개를 끄덕이며 말을 이었다.

"자네 어머니는 한사코 남동생과 헤어지길 싫어했어. 그래서 사방으로 수소문한 끝에 마침내 남동생 거처를 알아내곤 맨발로 절절 끓는 흙바닥을 밟으며 그 먼 길을 찾아갔다네. 겨우 아홉 살짜리 여자애가 말이네. 결국 그 집에서 가서 한바탕 난리를 피우곤 반은 강제로, 반은 애원하다시피 해서 동생을 데리고 나왔지. 그런 다음 동생을 업고서 다시 먼 길을 걸어 집으로 돌아왔어. 아마도 당시 자네 어머니 양쪽 발엔 물집이 잔뜩 잡혔을 거야.

그렇게 집으로 돌아가기만 하면 가족들이 전부 기뻐할 거라 생각했지만, 상황은 전혀 그렇지가 않았네. 오히려 자네 외할아버지한테 흠씬 두들겨 맞았지. 자네 외할아버지는 이렇게 말했어. '잘 먹고 잘 살라고 그리로 보낸 거다. 여기 남아 있으면 우리 식구가 전부 다 굶어 죽을 판이라고!'

자네 어머니는 더 이상 아무 말도 못 하고 눈물만 흘렸지. 그리고 묵묵히 동생을 다시 업어서 양아버지 집으로 데려다줬네.

그해를 넘기자마자 자네 어머니는 휴학을 하곤 마을 진료소의 간호

사가 되었어. 그곳에선 끼니 걱정은 없었지만 하루하루가 고달팠지. 일
도 힘들었을 뿐만 아니라 1년 365일 의사의 부인한테 얻어맞고 욕을 먹
어야 했으니까. 쉬는 날은 설날이 낀 며칠이 고작이었고. 아마도 열 살
짜리 여자애한테는 육체적인 고달픔이나 굶주림보다는 부모 형제와 떨
어졌다는 사실이 훨씬 더 고통스러웠을 테지. 하지만 자네 어머니는 이
를 악물고 견뎠어.

매년 설날 자네 어머니의 휴가에 맞춰 내가 몇 번이나 찾아갔었지만
자네 어머니는 나를 쳐다보지도 않더군. 완전히 공기처럼 대했어. 몇
년 뒤, 내가 학업을 위해 타이베이로 떠나게 되면서 자네 어머니와는
완전히 연락이 끊겼지."

"어르신이 잘못한 일은 아니잖아요. 저희 어머니가 그토록 어르신을
싫어할 이유가 없는데요!"

이해가 안 된다는 말투로 아빠가 불쑥 한마디 했다.

"내 이야기를 좀 더 들어 보게."

수편 할머니는 아빠를 진정시키려는 듯 손바닥을 위아래로 흔들어
보이더니 잔을 들어 물을 한 모금 마셨다. 그리고 이렇게 말했다.

"그 진료소의 장남이 나중에 내 남편이 되었으니까!"

"뭐라고요?"

아빠와 내가 동시에 똑같이 외쳤다.

"그 진료소의 장남이 나중에 내 남편이 되었다고."

"어떻게 그런 일이?"

아빠의 목소리가 한 옥타브 높아졌다.

“그분은 저희 어머니를 좋아했잖아요!”

“할머니, 어떻게 우리 할머니의 남자 친구를 뺏어 갈 수 있어요? 그러고도 친구라고 할 수 있나요?”

그 순간 나는 수편 할머니가 정말 밉고 싫었다.

“우리 할머니가 그렇게 미워할 만하네요!”

“민원, 버릇없이 굴지 마!”

비록 말은 이렇게 했지만 난 아빠의 마음도 분명 나와 똑같을 거라고 생각했다.

수편 할머니는 다시 잔을 집어 들었다. 하지만 이번에는 잔의 가장자리에 입술만 갖다 댄 채 양 눈가에 따끈한 수증기를 쐬었다.

한참을 그러고 있던 수편 할머니는 목을 아주 살짝 축이고는 다시 입을 열었다.

“칭펑. 내 남편의 이름이네. 그 사람이 말하길 본인은 한 번도 자네 어머니를 사랑한 적이 없다고 했어. 손도 한 번 잡지 않은 사이인데 무슨 연애를 했겠느냐고. 단지 자신의 어머니가 너무 모질게 대한다 싶어서 특별히 신경을 써 줬을 뿐인데, 그걸 사랑이라 착각할 줄은 정말 몰랐다고 말이야.”

“그건 그분 말씀이죠. 그분이 할머니를 속였을지도 모르잖아요! 드라마를 보면 나쁜 남자들은 항상 그렇게 말한다고요!”

내가 씩씩대며 외쳤다.

“으음······.”

수편 할머니의 입꼬리가 살짝 올라가더니 웃음인 듯 아닌 듯 묘한 소리가 목구멍을 타고 흘러나왔다.

"넌 이해 못 할 게다. 내 남편은 무척이나 선량한 사람이었어. 자신의 아버지와는 달랐지. 가업을 잇기 위해 아버지처럼 의사가 되었지만 그 사람은 생명을 구하겠다는 신념을 품고 의대에 진학했어. 돈벌이가 목적이 아니었지. 정식으로 의사가 된 후, 남편은 자주 시골로 내려가 돈 한 푼 받지 않고 진료를 했어. 나도 남편을 따라다녔고. 남편은 심지어 본인 돈을 써 가며 형편이 어려운 집에 쌀과 반찬을 사다 주기도 했어. 그토록 마음 여린 사람이, 자신의 어머니가 여자아이를 학대하는데 어떻게 보고만 있었겠니. 어린 자오디에게 특별히 잘해 주었던 것도 바로 그런 까닭이었단다."

"우리 할머니는 어째서 상대방의 호의가 동정인지 사랑인지도 구분 못 했을까요?"

나는 좀 이상하단 생각이 들었다.

"어쩌면 할머니도 다 알았을지 몰라. 알면서도 그게 할머니 인생의 유일한 기회라고 생각했겠지!"

아빠가 대답했다.

"그게 무슨 뜻이야? 기회라니?"

난 여전히 이해가 되지 않았다.

"인생을 바꿀 기회 말이야. 사람은 자신이 보잘것없다고 느낄수록 더 높이 날고 싶어 하니까."

난 아빠의 말이 이해가 될 듯 말 듯 아리송했다.

"그런데, 어르신과 저희 어머니 사이에 무슨 일이 있었나요?"

"난 자오디가 그 사람을 좋아하는 줄 전혀 몰랐네. 중학교를 졸업한 뒤 우리 어머니는 나를 타이베이로 유학 보냈고, 남편과 나는 타이베이의 장화 향우회에서 알게 됐어. 당시엔 도시로 공부하러 가는 사람이 드물었기 때문에 외지에서 고향 사람을 만나면 감정이 더욱 각별했지. 우리는 자연스럽게 연인 사이가 되었고 칭펑의 공부가 바빠지면서 먼 고향 집에 가는 횟수도 점점 줄었어. 사촌 오빠한테 듣기론 그즈음부터 자네 아버지가 어머니를 좋아하기 시작했다더군. 자네 아버지가 매번 진료소로 어머니를 만나러 들락거렸고, 자오디 역시 타이베이에 간 칭펑에게 여자 친구가 생겼다는 소식을 들은 터였지. 그래서 타이베이로 입대를 해야 했던 자네 아버지가 자오디에게 함께 가길 청하자 자오디가 곧바로 승낙했던 거야."

수펀 할머니는 크게 한숨을 내쉬곤 다시 말을 이어 갔다.

"어느 날, 자네 어머니가 학교로 칭펑을 찾아왔다가 교정에서 손을 잡고 있는 우리 둘을 보게 됐지. 그때 자네 어머니의 표정을 난 지금까지도 잊지 못한다네. 그 한 서린 증오 그리고 절망……. 자오디는 마치…… 마치…… 낭떠러지 끝자락에 선 사람처럼 보였어. 내가 그런 사람의 목덜미에 칼을 겨눈 기분이었지. 자오디는 날카로운 눈빛으로 나를 노려보았고, 당시 그 상황을 제대로 이해하지 못했던 나와 칭펑은 이런 곳에서 자오디와 마주친 것을 그저 신기한 우연이라고만 생각했다네. 그런데 내가 무어라 말을 꺼내기도 전에 갑자기 자오디가 웃음을 터뜨리더니 미친 사람처럼 웃기 시작하더군. 그러다가 이렇게 중얼거렸어. '어째서 그 사람이 너를 사랑하게 됐을까……. 어째서…… 도대체 왜…….' 그러곤 몸을 휙 돌려 쏜살같이 사라져 버렸지. 자네 아버지가 군 복무를 마치고 몇 년이 지난 뒤, 두 사람은 결혼을 했고."

"저희 아버지도 이 일에 대해 알고 계신가요? 어머니가 한평생 아버지를 사랑하지 않았다는 건 알아요. 어머니가 사랑한 사람은…… 사랑한 사람은……."

아빠는 마지막 단어를 차마 입 밖으로 내지 못하고 얼버무렸다.

"알고 있다네!"

"아버지가 전부 아신다고요?"

아빠가 깜짝 놀라며 되물었다.

"사촌 오빠가 자네 아버지에게 말해 줬다네. 하지만 자네 어머니는 그 사실을 모르지!"

우아! 이거 왔다 갔다 하는 모양이 꼭 잰말놀이*랑 똑같네. 어른들은 뭐가 그리 복잡하지? 우리 반 홍위러우는 저번 학기에 나한테 고백했다가 차이더니 곧장 허세 쩌는 추잉위를 좋아하던데, 우리들 감정 세계가 훨씬 간단하네!

"아버지는 이미 다 아시면서 어쩜 그렇게 한마디도 안 하셨을까요?"

아빠가 물었다.

"사랑이란 때로는 말로 설명하기 어려운 법이지. 하지만 난 자네 아버지를 이해하네. 자네 아버지는 워낙 정이 많은 사람이지 않나. 요즘

---

*   발음하기 어려운 말을 빨리 외우는 놀이. 우리말의 '간장공장공장장'처럼 발음이 비슷하거나 어려운 단어가 연속된 문장을 쉼 없이 읽는다.

젊은이들은 '자신이 사랑하는 것을 선택'하겠지만, 자네 아버지는 평생 동안 '자신이 선택한 것을 사랑'한 게지. 좀 전에 자네가 차마 입 밖으로 꺼내지 못한 그 이름도 어쩌면 자네한테는 도무지 이해가 안 되는 대상일지 몰라. 자네 어머니는 도대체 무얼 사랑했던 걸까? 안 그런가? 좀 더 직접적으로 말하자면, 자네 어머니 자신조차 본인이 무엇을 사랑했었는지 모를 수도 있고!"

수편 할머니는 '이해가 안 될 거다', '모를 거다'라는 말을 많이 했지만 아빠는 마치 다 이해한다는 듯 수편 할머니의 말에 맞춰 천천히 고개를 끄덕였다.

우리가 호텔로 돌아가기 전, 수편 할머니가 아빠에게 이렇게 부탁을 했다.

"아순, 자네 어머니와 만나서 이야기를 좀 했으면 하는데, 이쪽으로 모시고 와 줄 수 없겠나? 시간과 장소는 전화로 다시 알려 주겠네."

아빠는 돌아오는 내내 운전대를 꽉 붙잡은 채 아무 말이 없었다.

"아빠!"

나는 어떻게 말을 꺼내야 하나 곰곰이 생각했다.

"있잖아…… . 할머니는 인생을 바꿀 만한 기회를 늘 기대해 왔는데, 아빠가 의사가 되었으니까 이제는 굳이 돈을 중요하게 생각할 필요가 없지 않아?"

"그건 아마도 가난과 배고픔이 할머니 인생의 구동력으로 자리 잡았기 때문이겠지. 아니면 과거의 상처가 영혼의 결핍으로 변해 버렸기 때문일 수도 있고. 그래서 본인의 인생이 바라는 대로 이루어졌음에도 불

구하고 예전의 공포와 결핍이 여전히 그림자처럼 할머니를 따라다니는
거지."

"무슨 말인지 모르겠어!"

"그러니까……."

아빠는 어떻게 설명을 해야 하나 골똘히 생각하더니 이렇게 말했다.

"그러니까 만약 네가 어렸을 때 개한테 물렸다면, 평생 개를 무서워
하며 살게 되는 거랑 같다고 보면 돼!"

제12막
선칭펑 할아버지의 무덤

호텔로 돌아오자마자 수펀 할머니는 아빠에게 전화를 걸어 왔다. 엄마가 나를 붙잡고 이것저것 캐묻기도 전에 아빠는 엄마에게 순순히 자초지종을 털어놓았다. 거짓말로 할머니를 속여서 함께 외출하려면 그동안 엄마가 호텔에 남아서 할아버지를 돌봐야 했기 때문이다. 하지만 엄마의 성격상 그건 절대로 용납할 수 없는 일이었다. 결코 할아버지를 돌보는 것이 싫어서가 아니라 그토록 흥미진진한 장면을 엄마의 두 눈으로 직접 볼 수 없다는 사실이 미치고 팔짝 뛸 만큼 억울한 일이었기 때문이다. 하지만 아빠는 다른 사람들에게 할머니의 일이 알려지는 걸 원하지 않았고, 그런 아빠를 위해 엄마는 하는 수 없이 호텔에 남기로 했다.

다음 날, 아빠는 이웃들에게 나눠 줄 선물을 골라야 한다는 핑계를 대며 할머니를 차에 태웠다. 할머니는 끊임없이 잔소리를 하며 구시렁 댔다.

"네 큰할아버지한테 선물 줬으면 됐지, 무슨 이웃들까지 챙긴다고 그래. 왜 돈을 낭비하냐? 생전 연락도 안 하고 살았는데 선물은 뭣 하러 줘. 이웃집 한 군데 챙겼다가 온 동네 사람들이 다 몰려오면 어쩌려고……."

할머니의 중얼거림 속에서 차는 한적한 교외를 향해 달려갔다. 인적이 드문 길을 지나치자 양쪽으로 대나무와 잡초가 늘어선 작은 오솔길이 나왔고 모퉁이를 돌자 온몸의 솜털이 쭈뼛 서게 하는 풍경이 눈에 들어왔다.

"길을 제대로 알고 온 거냐? 백화점에 간다더니 묘지엔 왜 왔어?"

할머니는 자다가 깜짝 놀라 깬 사람처럼 큰 목소리로 따졌다.

"아빠! 여긴 왜 왔어? 여기 완전 무서워!"

내가 떨리는 목소리로 물었다.

"곧 알게 돼. 어서 내려."

나와 할머니의 반응에도 아랑곳없이 아빠는 줄곧 무덤덤했고 차는 몇 그루의 이름 모를 나무에 둘러싸인 어떤 묘지 옆에 멈춰 섰다. 그리 높다랗지 않은 나무들이 뿌리가 휘감기고 줄기가 서로 뒤얽혀 그늘을 만들었고 아래쪽엔 잡초가 무성했다. 그리고 가운데 평탄한 부분에 여러 개의 무덤이 어수선하게 흩어져 있었다. 몇몇 무덤은 깨끗하게 관리된 모습이었지만 다른 무덤은 얼룩덜룩한 데다 잡초까지 뒤덮여 을씨년스럽게 보였다. 게다가 옆에서 끊임없이 계속되는 할머니의 중얼거림은 꼭 귀신의 속삭임처럼 들렸다.

싸늘한 바람이 훅, 하고 밀려와 나는 몸서리를 쳤다. 여자 귀신이 손가락으로 내 뺨을 긁고 지나가는 느낌이었다. 결코 두리번거릴 생각이 없었지만 나는 어느새 사방을 흘깃거리고 있었다. 그때 갑자기 길가 쪽에서 그림자 하나가 불쑥 나타났다.

"귀신이닷!"

내가 반쯤 혼이 나간 상태로 도망가려 하자 아빠가 나를 붙잡으며 말했다.

"정신 차려, 수편 할머니잖아!"

"수편이라고?"

깜짝 놀란 할머니의 외침이 들렸다. 이번에는 할머니가 마치 귀신이라도 본 것처럼 눈알이 튀어나오기 직전이었다. 할머니의 콧구멍이 벌름거렸고 얼굴에는 살짝 경련이 일었다. 천천히 손을 들어 올린 할머니는 집게손가락으로 길가 쪽에서 나타난 사람의 그림자를 가리키며 떨리는 목소리로 외쳤다.

"수편? 쟤가 수편이라고?"

잠시 멍한 상태였던 할머니가 이내 고개를 돌리며 아빠를 향해 소리쳤다.

"너까지 나를 배신하니? 이제 내가 낳은 자식조차 나를 배신하는 거냐? 믿는 도끼에 발등 찍힌다더니!"

"어머니, 전 어머니를 배신하지 않았어요. 그저 어머니가 수편 어르신과 오해를 풀고 앞으로 잘 지내셨으면 하는 마음에서 모셔 왔을 뿐이에요."

아빠가 얼른 대꾸했다.

"잘 지내길 바란다고? 쟤가 나의 칭펑을 빼앗아 간 이후로 나는 단 하루도 편한 날이 없었어!"

"자오디!"

바로 그때 수편 할머니가 다가오며 외쳤다.

"당신 누구야? 난 당신 같은 사람 몰라!"

음울한 수풀 사이로 할머니의 목소리가 울려 퍼졌고 할머니는 몸을 홱 돌리며 자리를 뜨려 했다.

"자오디, 꼭 이래야겠니?"

수편 할머니가 떠나려는 우리 할머니의 팔을 잡았다.

"꼭 이래야겠냐고?"

할머니는 팔을 뿌리치며 버럭 소리를 질렀다.

"수십 년 전, 너는 나의 칭펑을 빼앗아 갔고 내 일생의 행복까지 빼앗아 갔어. 그런데 이제 와서 내 아들까지 빼앗아 가려고? 내 아들한테 네가 시켰지? 이렇게 나를 뒤통수치라고!"

"내가 칭펑을 빼앗아 갔는지 아닌지는 네가 더 잘 알잖아."

수편 할머니는 평온했고 우리 할머니가 퍼붓는 분노 가득한 독설을 들으면서도 표정 하나 변하지 않았다.

할머니는 직접 대답을 피하며 이렇게 고함쳤다.

"지주의 따님이었던 너랑 어떻게 비교를 하니? 넌 어째서 뭐든 원하는 대로 다 손에 넣는 거지? 너는 금수저로 사는데, 내 팔자는 왜 이 모양이냐고!"

"내 인생이 과연 그랬을까? 따라와 봐. 내가 과연 금수저로 살아왔는지 보여 줄 테니까!"

수펀 할머니가 이렇게 말하며 묘지의 안쪽을 향해 발걸음을 옮기자 아빠도 수펀 할머니를 따라 꼬불꼬불한 오솔길로 들어갔다. 하지만 난 정말로 내키지가 않았다. 여기가 놀이공원도 아니고 국립공원도 아닌데 도대체 뭐 볼 게 있다고? 아빠는 고고학자라도 될 작정인가?

"아빠!"

당황한 나는 제자리에 그대로 서서 아빠를 불러 보았지만 아빠는 발걸음을 멈출 생각이 없어 보였다.

사방이 으스스했고 나뭇잎과 잡초들은 여기저기서 바스락거리는 소리를 뿜어냈다. 게다가 새파랗게 질린 할머니의 얼굴은 결코 귀신보다 나을 게 없었다. 결국 나는 아빠를 따라가는 쪽이 낫겠다는 결론을 내린 다음 10미터쯤 부지런히 아빠를 쫓아갔다. 한참 걷고 있는데 갑자기 뒤에서 부스럭부스럭 풀잎이 서로 부딪히는 소리와 작은 돌멩이들이 구르는 소리가 들렸다.

"설마 귀신? 진짜 귀신인가? 나무아미타불, 관세음보살, 비나이다, 비나이다, 귀신은 썩 물러가라!"

그런데 내 발걸음이 빨라질수록 그 소리도 그림자처럼 바짝 뒤를 쫓아왔다. 심지어 쫓아오는 속도마저 점점 빨라지는 바람에 나는 혼비백산한 상태로 자빠질 뻔했다. 갑자기 등줄기가 오싹해졌고 급기야 팔하나가 불쑥 나와 내 어깨를 툭 건드린 순간, 나는 악! 하고 비명을 질렀다.

"귀신이라도 봤냐?"

할머니였다.

"할머니! 안 따라온다고 하지 않았어요? 간 떨어질 뻔했잖아요!"

나는 가슴팍을 부여잡으며 대꾸했다.

"간은 내가 떨어질 뻔했다! 목소리가 왜 그리 커!"

할머니는 잠시 말을 멈추었다가 이렇게 덧붙였다.

"운전할 사람이 없으면 이따가 어떻게 돌아가냐고!"

할머니와 나는 아무 말 없이 발걸음을 옮겼고 마침내 수편 할머니와 아빠를 따라잡았다. 우리는 무덤 주위로 난 꼬불꼬불한 길을 따라 걸었는데, 이따금 반쯤 무너진 오래된 무덤이 나타날 때면 혹시라도 내가 죽은 사람의 머리를 밟게 되진 않을까 싶어 너무나 무서웠다. 비록 가운데에는 흙이 두툼하게 쌓여 있었지만 왠지 모르게 발끝이 얼얼하게 저려 오는 느낌이었다. 분명 겨우 몇 분 걸었을 뿐인데 그 짧은 순간이 평생처럼 길게 느껴졌다.

바로 그때, 맨 앞에서 걷던 수편 할머니가 가볍게 한숨을 내쉬며 말했다.

"도착했네!"

시멘트와 작은 자갈을 섞어 직육면체로 쌓은 묘지였는데 묘비 가운데는 대리석이었고 사방으로 붉은색 타일이 둘러 있었다. 내가 미처 묘비의 글자를 읽기도 전에 수펀 할머니가 먼저 입을 열었다.

　"자오디, 여기가 칭펑의 묘지야!"

　"칭펑이라고? 칭펑이 죽었어?"

　할머니가 놀란 목소리로 물었다.

　"내가 금수저로 살아왔다고? 이제 와서 말하지만 나한테 남은 거라곤 이 묘지와 외로움뿐이야!"

　"됐어! 그래도 칭펑을 빼앗아 간 건 사실이잖아! 나한테는 좌절만 남겨 놓고 너는 남들이 부러워하는 의사 사모님으로 살았지. 내가 얼마나 오랫동안 고통스러웠는지 알기나 해? 이제 와 칭펑이 죽었다고 말하면 내가 널 용서해 줄 것 같니? 어림없는 소리! 세상 사람은 다 죽어. 칭펑이 죽었다 해도 넌 평생 잘 먹고 잘 살았을 거 아냐!"

　"자오디! 넌 칭펑이 죽었다는 얘길 듣고도 아무렇지 않니?"

　할머니는 아무 대답이 없었고 수펀 할머니는 고개를 가로저으며 옅은 한숨을 내쉬었다.

　"그래, 맞아! 세상에 안 죽는 사람은 없지."

　수펀 할머니의 아득한 목소리가 황량한 묘지에 울려 퍼졌다.

　"자오디, 묘비를 자세히 읽어 봐!"

취안저우*
민국 34년 5월 27일 태어나
민국 65년 10월 19일 묻히다**
사랑하는 남편 선칭펑의 묘
아내 선천수펀***이 애도하다

잠시 침묵하던 수펀 할머니가 다시 입을 열었다.

"자세히 읽었니? 칭펑은 이미 40년 전에 세상을 떠났어. 그때 나이가 겨우 서른한 살이었고 우리 사이엔 자식 하나 없어. 이게 네가 말한 금수저 인생이니? 원하는 건 뭐든 다 손에 넣는? 지체 높은 신분의 대가가 이런 거니?"

아무 말이 없는 할머니를 보며 수펀 할머니는 혼잣말처럼 이렇게 말했다.

"네가 방금 그랬지, 네 일생의 행복을 내가 뺏어 갔다고. 도대체 행복

---

*   泉州. 중국 푸젠성의 도시. 묘비명 맨 앞에 죽은 사람의 고향을 표기한 것이다.

**   '민국'은 타이완에서 연도를 표기할 때 쓰는 표현으로, 민국 34년은 1945년, 민국 65년은 1976년을 가리킨다.

*** 수펀 할머니의 성명인 '천수펀' 앞에 그의 남편(선칭펑)의 성인 '선'을 붙인 것이다.

이 뭔지 네가 좀 알려 줄래? 신분? 지위? 돈? 아니면 사랑? 자오디! 네 말처럼 나는 남들이 부러워하는 의사 사모님이 되었지만 인생의 대부분을 외로움과 고독을 견디며 살아왔어. 이런 신분과 지위가 행복이니? 사실 지금껏 내가 버틸 수 있었던 건 칭평을 향한 변함없는 사랑 때문이었어! 그런데 너는? 40년 내내 칭평을 빼앗아 갔다며 나를 미워하고 원망하면서 정작 네 주변의 행복은 제대로 돌아보지 않았잖아. 아슝은 평범한 남자였지만 점잖고 성실한 사람이었어. 비록 부귀영화를 누리진 못했어도 덕분에 너는 한평생 안락한 삶을 살았잖아. 게다가 아슝은 든든한 의지가 되는 사람이었고, 너흰 이렇게 자식까지 낳고 잘 살지 않았니."

수펀 할머니는 나를 바라보며 내 머리를 쓰다듬었다.

"네 손주가 얼마나 귀여운지 좀 봐. 할 수만 있다면 내 전 재산을 바쳐서라도 네가 가진 것들과 바꾸고 싶어!"

아, 쫌! 이미 6학년인데 아직도 나더러 귀엽다니! 하지만 수펀 할머니는 아주 다정했고 그 이야기는 몹시 흥미진진했으며 수펀 할머니의 인생은 오랫동안 외로웠기에, 난 어쩔 수 없이 수펀 할머니의 말을 수긍하면서 보답으로 '아주 귀여운' 미소를 지어 보였다!

수펀 할머니의 말이 끝나자 그 자리엔 무거운 침묵만이 남았다.

시선을 묘비에 고정한 채 멍한 표정으로 선 할머니는 마치 조각상처럼 보였다. 산들바람이 불어와 할머니의 옷자락을 건드리고는 살랑살랑 공중을 맴돌았다.

이어서 수펀 할머니의 목소리가 바람을 타고 허공에서 울려 퍼졌다.

"세상일은 마음대로 되지 않아. 다 운명인 게지! 인생이란 큰 무대는 끝까지 가 보지 않으면 아무도 몰라. 그게 희극인지 비극인지 말이야."

몇 분 뒤, 아니 어쩌면 그보다 더 오랜 시간이 지난 뒤, 할머니의 표정이 점점 차분해졌고 활활 타오르던 눈빛 역시 누그러졌다. 할머니는 천천히 수편 할머니를 돌아보며 어색하게 입꼬리를 올렸다.

"수편, 나 먼저 가 볼게."

그러곤 몸을 돌려 왔던 길로 발걸음을 옮겼다.

차에 오른 할머니는 아빠를 향해 '배신자'라며 노발대발하지 않았다. 오히려 말없이 자리에 앉아 넋 나간 사람처럼 창밖만 바라보았다. 창밖의 풍경이 끊임없이 바뀌며 할머니의 눈동자를 스쳐 지나갔지만 할머니는 꼼짝도 하지 않았다. 가끔씩 깜빡이는 눈꺼풀이 아니었다면 할머니가 살아 있는지 의심이 될 정도였다.

차는 고요한 도로 위를 묵묵히 달렸고, 그 뒤로 수편 할머니의 모습이 조금씩 멀어져 갔다.

제13막
큰할아버지

하룻밤 사이에 모든 것이 달라졌다!

할아버지는 정신이 온전해졌고 할머니는 조용해졌다. 할머니는 묵묵히 할아버지를 부축하며 비틀대는 걸음으로 호텔 식당에 들어섰다.

"아버님, 어머님, 잘 주무셨어요?"

큰엄마의 말에 할아버지는 아무런 표정의 변화가 없었고 할머니는 살짝 고개만 끄덕였다.

"할아버지, 할머니, 안녕히 주무셨어요!"

사촌 누나와 사촌 형의 인사에 할아버지는 여전히 무표정으로 일관했고 할머니도 똑같이 살짝 고개만 끄덕였다.

할머니는 죽 한 그릇을 퍼서 장아찌를 곁들이더니 조용히 자리로 돌아가 아무 말 없이 할아버지에게 먹여 드렸다. 고분고분한 아이처럼 할아버지는 숟가락이 다가오면 입을 크게 벌렸고 얼마 남지 않은 치아로 힘껏 음식을 씹었다. 혹시라도 죽이 뜨거울까 봐 할머니는 이따금 입바람을 후후 불며 죽을 식혔고 할아버지 또한 재촉하지 않고 얌전히 자리에 앉아 할머니가 음식을 먹여 주길 기다렸다. 가끔은 이가 빠진 할아버지의 입가에서 고기 고명이 흘러나와 갈색 부스러기가 가슴팍에 떨어지기도 했는데, 할머니는 예전처럼 '정신 나간 늙은이'라고 욕을 퍼붓지 않고 말없이 냅킨을 가져다가 부스러기를 툭툭 털어냈다.

아빠도 달라졌다! 특별한 경우를 제외하곤 언제나 할머니와 8미터쯤 떨어진 거리를 유지하던 아빠였는데 오늘은 먼저 다가가 할머니의 손에서 그릇을 받아 들며 이렇게 말했다.

"어머니, 제가 할게요. 어머니 먼저 식사하세요. 안 그러면 혈당 떨어져요."

아빠의 '어머니'라는 한마디에 고개를 들어 잠깐 동안 아빠를 뚫어져라 쳐다보던 할머니는 입가에 살짝 미소를 짓고는 다시 숟가락을 들어 할아버지의 입으로 죽을 가져갔다.

"야, 민원! 오늘 어른들 좀 이상하지 않니?"

사촌 누나가 물었다.

"내 말이! 다들 약을 잘못 먹었나 봐! 그리고 할머니 눈이 꼭 울트라맨처럼 퉁퉁 부었어. 혹시 무슨 알레르기 아닐까? 나도 전에 알레르기 때문에 입술이 튀김처럼 부어올랐었다고."

사촌 형이 끼어들었다.

"멍청아! 저건 울어서 부은 거야!"

사촌 누나가 사촌 형의 뒤통수를 때리며 대답했다.

"아얏! 왜 때려? 하여간 매번 주먹이 먼저지!"

머리를 문지르던 사촌 형이 돌연 눈을 동그랗게 치켜떴다.

"뭐, 할머니가 울었다고? 어휴, 상꼬맹이! 너희 아빠랑 할머니랑 또 싸웠어? 이번엔 또 뭣 때문이래? 우린 어제 아무 소리도 못 들었는데? 에이, 아니야! 두 분이 싸웠으면 서로 말을 안 해야 정상인데, 지금 너희 아빠가 할머니한테 엄청 잘하는데?"

"어휴! 나도 몰라!"

나는 얼른 대화에서 빠져나왔다.

정말로 모든 것이 달라졌다! 유일하게 변하지 않은 건 시골집에 보낼 몫으로 여전히 최고급 선물 세트를 사야 한다는 할머니의 주장이었다. 그리고 할머니는 변함없이 길을 나서기 전, 잔뜩 화장한 얼굴에 진주 목걸이와 귀걸이를 하고 명품 핸드백을 챙겨 들었다.

차가 시골길을 부지런히 달리자 저 멀리서 대나무 숲이 나타났고 그 뒤로 우뚝 솟은 망고나무 몇 그루가 눈에 들어왔다. 이 광경을 보고 나는 시골집에 거의 도착했음을 대번에 알아차렸다. 왜냐하면 할아버지의 설명과 정말로 똑같았으니까!

코너를 돌아 탈곡장으로 들어서자 낡고 오래된 싼허위안*이 나타났다. 자동차 소리를 듣고 안에서 노부부가 나왔는데 부인은 행여 남편을 잃어버릴까 봐 걱정이 되었는지 손을 단단히 잡고 있었다. 내 생각엔 저 두 분이 큰할아버지와 큰할머니인 듯했다!

---

*   三合院(삼합원). '삼합방'이라고도 부른다. 'ㄷ' 자 구조의 중국 가옥을 말한다.

큰할머니는 미소를 지으며 손을 들어 우리를 반겨 주었다. 하지만 멍한 표정의 큰할아버지는 우리 쪽이 아닌 다른 곳을 응시했다.

차 문이 열리자마자 큰할머니가 얼른 다가와 할머니의 손을 잡으며 말했다.

"자오디! 도대체 이게 얼마 만이야. 잘 지내지?"

"잘 지내긴요! 이 사람은 갈수록 기력이 떨어지고 정신도 온전치가 못해요. 게다가 저는 당뇨병이라는데 앞으로 살날이 얼마나 남았는지 모르겠네요."

"아휴, 나도 마찬가지네! 정신이 오락가락하는 남편 때문에 우울증에 걸릴 지경이야. 한데 이곳엔 달랑 우리 둘뿐이니, 내가 아니면 누가 이 사람을 돌보겠나? 애들은 다 도시로 나가 일하랴 자식 키우랴 바빠서 우리 같은 늙은이들 신경 쓸 겨를이 없지. 설사 애들이 도와준다 해도 영 내키지가 않아. 이 사람 병은 환경이 바뀌거나 낯선 상황을 맞닥뜨리면 증상이 더 심해져서 무슨 난리가 날지 모르니까! 그래도 자넨 팔자가 좋구먼! 이렇게 든든한 자식들이 곁에 있으니 말이야."

"나 왜 아침 안 줘?"

갑자기 큰할아버지가 입을 열었다.

"안 주긴, 방금 아침 잡쉈잖아!"

"분명히 안 먹었어. 날 굶겨 죽일 셈이야?"

"알겠어요, 좀 이따 드릴게. 일단 누가 왔는지 좀 봐요!"

큰할머니는 손으로 큰할아버지의 고개를 잡고 이쪽으로 돌리며 할아버지를 바라보게 했다.

"당신 동생, 아슝이 왔다고! 눈만 뜨면 동생 보고 싶다고 했었잖아?"

큰할아버지는 고개를 돌려 한동안 뚫어져라 할아버지를 응시하더니 이렇게 말했다.

"아슝, 너 어디 갔었어? 지금 엄마가 너 찾아."

그러면서 할아버지를 끌어당겼고 할아버지는 말없이 큰할아버지를 바라보았다.

"소똥밍이 다 일러바쳤어. 네가 개를 풀어 주는 바람에 자기 집 소가 개한테 물렸다고. 놀란 소가 아친 아저씨네 밭을 다 망가뜨린 것도 모자라 셋째 숙모네 닭들까지 쫓아 버렸다고 말이야. 지금 엄마가 대나무 매를 들고 사방으로 너 찾아다녀. 얼른 숨어야 해."

이 말을 들은 할아버지는 표정이 살짝 변하더니 큰할아버지를 향해 이렇게 말했다.

"엄마한테 말 좀 해 줘. 개는 자기가 혼자 도망친 거란 말이야!"

큰할아버지가 할아버지를 잡아끌며 집 뒤쪽의 대나무 숲으로 가려 하자 큰할머니가 얼른 끼어들어 두 사람을 말렸다.

"두 사람 다 제대로 걷지도 못하면서 넘어지면 어쩌려고 그래요!"

"맞아요, 가지 마세요!"

가족들이 일제히 몰려들어 큰할아버지와 할아버지를 에워쌌다.

큰할아버지는 이리저리 몸을 비틀며 사람들 사이에서 빠져나가려 애쓰다가 자신의 왼편에 서 있던 큰할머니에게 당황한 눈빛으로 이렇게 말했다.

"소똥밍이 다 일러바쳤어. 아슝이 개를 풀어 주는 바람에 자기 집 소가 개한테 물렸다고. 놀란 소가 아친 아저씨네 밭을 다 망가뜨리고 셋째 숙모네 닭들까지 쫓아 버렸다고 말이야. 지금 엄마가 대나무 매를 들고 사방으로 아슝을 찾아다녀. 얼른 숨지 않으면 아슝은 엄마한테 두들겨 맞아!"

"어휴, 당신 어머니가 돌아가신 지가 언젠데. 이미 땅속에서 뼈만 남았을 텐데, 무덤 밖으로 어떻게 나오신대?"

"무슨 소리야! 엄마 방금 여기 있었어."

큰할아버지는 이번엔 오른편에 서 있던 아빠를 돌아보며 말했다.

"아저씨, 소똥밍이 다 일러바쳤어요. 지금 엄마가 대나무 매를 들고 아슝을 찾는다고요. 아슝한테 얼른 숨으라고 말 좀 해 주세요."

"와! 작은아빠를 아저씨라고 부르시네!"

사촌 형이 한쪽에서 킥킥거렸다.

"괜찮아! 엄마는 지금 밭에서 일하는 중이라 한참 뒤에나 오실 거야."

아빠의 대답에 큰할아버지는 조금 진정이 되었는지 '아!'라고 외마디 소리를 냈다.

큰할아버지의 초조하고 불안한 상태는 밥을 먹을 때까지 계속됐다. 간신히 자리에 앉은 큰할아버지는 밥을 먹으며 온 식탁에 밥알을 흘렸고 그 와중에도 우리 할아버지에게 밥을 먹여 주기까지 했다. 할아버지는 얌전히 입을 벌리며 큰할아버지가 주는 음식을 받아먹었다.

"그만, 그만! 아슝은 너무 많이 먹었어요. 이제 그만 주세요!"

할머니의 말에 큰할아버지는 이렇게 대답했다.

"있잖아, 방금 아슝이 개를 풀어 주는 바람에 소똥밍네 소가 개한테 물렸어."

"알아요, 알고 있다고요!"

할머니는 무성의하게 대꾸했다.

"희한하네. 큰할아버지는 똑같은 얘기를 몇 번이나 하시는 거야?"

사촌 형이 사촌 누나의 귀에 대고 속삭였다.

그러자 큰엄마가 사촌 형의 옷자락을 잡아당기며 말했다.

"너희들 입 좀 다물지 않을래. 나이가 들어서 치매가 오면 원래 그런 법이야."

"괜찮아! 똑같은 얘기를 반복하는 정도는 별일도 아니지. 가끔 난리를 피우면……."

큰할머니의 말이 채 끝나기도 전에 어디선가 '퉤!' 하는 소리가 들렸다. 큰할아버지가 입안의 음식물을 뱉어 낸 것이다. 할아버지가 뱉은 음식 찌꺼기는 정확히 닭의 머리 위에 안착했는데, 덕분에 닭이 꼭 왕관을 쓴 것처럼 보였다. 이미 여덟 조각으로 동강 난 닭은 왕관 때문에 갑자기 용맹스러운 모습으로 돌변했다.

"어휴, 구역질 나! 왜 입안의 음식을 접시에 다 토해 내셨대?"

"이런, 미안하구나! 싫어하는 음식을 먹으면 이런단다. 접시 얼른 바꿔 줄게."

사촌 누나가 깜짝 놀라 소리치자 큰할머니는 연신 사과했다.

"큰어머님, 괜찮아요! 애들은 맨날 불평하는 게 일이에요. 신경 쓰지 마세요. 어차피 애들은 닭고기 안 좋아해요."

큰엄마가 상황을 수습하려 애썼다.

"꼬…… 꼬……."

그때 갑자기 눈이 휘둥그레진 사촌 누나가 말을 더듬으며 앞을 가리켰다.

"꼬…… 꼬……."

"그래, 꼬꼬닭이 뭐 어쨌는데 그렇게 호들갑이야?"

"그 꼬꼬닭이 아니라, 저기…… 저기…… '저거' 말이야!"

사촌 누나는 이렇게 말하며 손으로 눈을 가리더니 고개를 돌려 큰엄마 뒤에 숨어 버렸다.

모두의 시선이 누나가 가리킨 방향을 향했는데, 거기선 큰할아버지가 바지의 지퍼를 내린 채 본인의 중요한 곳을 드러내 놓고 있었다.

"으아악!"

이번에는 사촌 형이 소리쳤다.

"큰할아버지가 꼬추를 꺼냈어. 큰할아버지 바바리맨인가 봐!"

"팅원! 그러면 안……."

아빠가 얼른 누나를 말리려 했지만 상황을 돌이키기엔 이미 너무 늦어 버린 뒤였다.

사촌 누나는 '바바리맨'이라는 말을 듣자마자 한층 더 까무러칠 듯 비명을 지르며 자리에서 벌떡 일어나 도망치려고 했다. 게다가 누나가 몸을 홱 돌리다가 의자에 부딪히는 바람에 '쿵!' 하는 소리가 났는데, 이번엔 그 소리에 깜짝 놀란 큰할아버지가 덩달아 날뛰기 시작했다. 큰할아버지는 두려움에 질린 눈빛으로 비틀거리며 사방을 마구 뛰어다녔다.

"공습이다! 비행기가 폭탄을 떨군다! 사람 살려! 당장 도망쳐!"

이 상황을 목격한 큰할머니는 고래고래 소리를 질렀다.

"난리 피우면 안 돼요! 뛰지 말라고!"

할머니 역시 긴장한 목소리로 외쳤다.

"어서! 어서 큰아버지 잡아라. 저러다 다친다!"

이렇게 말하면서 할머니는 할아버지의 손을 꼭 잡았다. 아마도 할아버지까지 이 소란에 가담할까 봐 걱정이 된 모양이었다.

아빠와 큰아빠가 허겁지겁 큰할아버지를 뒤쫓았다.

"넘어지시면 안 돼요!"

"폭탄이 날아온다! 폭탄이야!"

큰할아버지는 고래고래 소리를 질렀다. 아빠와 큰아빠가 양쪽에서 에워쌌지만 큰할아버지는 이리저리 몸을 비틀며 빠져나가려 안간힘을 썼고 계속해서 큰 소리로 외쳤다.

"폭탄이 떨어진다, 빨리 도망쳐!"

바로 그때, 큰할아버지의 바지가 축축이 젖었다는 사실을 엄마가 눈치챘다. 바짓단에서 연노란색 액체가 흘러나오는 장면을 본 엄마가 재빨리 아빠에게 눈짓을 보내자 아빠는 고개를 끄덕였고 이어서 엄마와 큰엄마가 큰할아버지의 손을 잡았다. 엄마는 큰할아버지에게 이렇게 속삭였다.

"폭탄이 날아오니까, 저랑 함께 방공호로 가서 숨어 계세요!"

엄마의 말을 듣자마자 큰할아버지는 기적처럼 조용해졌고 순순히 엄마와 큰엄마를 따라 방으로 들어갔다.

야단법석이었던 상황이 가까스로 진정되자 큰할머니는 순간 긴장이

풀렸는지 자리에 털썩 주저앉으며 흐느끼기 시작했다.

"정말 힘들어 죽겠다고. 저 사람 돌보는 일은 하루하루 폭탄을 안고 사는 것과 같아. 언제 터질지 모르는 폭탄을……."

주름진 뺨을 타고 흘러내린 눈물이 한 줄기 작은 폭포가 되었다가 방울방울 턱에 맺혀 뚝뚝 떨어졌다.

"어느 날은 괜찮았다가, 또 어느 날은 돌변해서 한바탕 난리를 피우고, 난 정말 어째야 할지를 모르겠네. 오늘처럼 애들 앞에서 저렇게…… 저렇게…… 추태를 보이질 않나. 하지만 고의는 아니야. 정말 미안하네. 팅원이 많이 놀랐겠어."

큰할머니가 눈물을 흘리며 사촌 누나를 바라보았고 누나는 여전히 충격을 받은 모습이었다.

큰할머니는 코를 풀더니 고개를 숙이며 이렇게 말했다.

"팅원, 큰할아버지는 결코 변태가 아니란다!"

할머니도 눈물을 흘리며 큰할머니를 위로했다.

"형님, 그런 소리 하지 마세요. 애들이 뭘 알겠어요. 신경 쓰지 말아요."

바로 그때, 내내 무표정한 얼굴로 한쪽에 앉아 있던 할아버지가 불쑥 입을 열었다.

"내가 소똥밍네 소를 물라고 일부러 개를 풀어 준 거 아니야. 엄마한테 나 때리지 말라고 말 좀 해 줘."

할머니와 큰할머니는 서로의 얼굴만 처다볼 뿐이었다.

정오가 조금 지났을 즈음, 우리는 다시 호텔로 돌아왔다.

"작은아빠……."

사촌 누나가 물었다.

"왜 그러니?"

"있잖아요……."

사촌 누나는 우물쭈물 말을 제대로 잇지 못했다.

"제가…… 제가요……."

"괜찮아, 편하게 말해도 돼."

"아까…… 제 행동이…… 혹시 무례했나요? 큰할머니가 저 때문에 마음 상하셨을까요?"

고개를 푹 숙인 누나는 이렇게 덧붙였다.

"그런데…… 큰할아버지가 그걸…… 그걸 꺼낸 장면은 정말 끔찍했어요! 게다가 갑자기 그렇게 난동을 부리실 줄은 정말 몰랐다고요."

"아, 쫌! 먼저 난동을 부린 사람은 누나였잖아! 누나가 얼마나 미친 듯이 난리를 피웠는지 기억 안 나?"

사촌 형은 사악한 눈빛으로 사촌 누나를 바라보며 콧방귀를 뀌었다.

"너 조용히 안 해!"

사촌 누나가 손을 들어 사촌 형의 뒤통수를 후려치려 했지만 형은 민첩하게 몸을 피했다. 분이 풀리지 않았는지 사촌 누나는 이렇게 중얼거렸다.

"큰할아버지보고 '바바리맨'이라고 말한 사람은 너잖아. 너 때문에 내가 더 놀랐다고."

그때 아빠가 끼어들었다.

"그만, 그만! 싸우지 마!"

"아빠!"

나는 아빠에게 묻고 싶은 말이 있었지만 어떻게 이야기를 꺼내야 할지 몰라 망설였다. 말이 나오려다 목구멍에서 콱 막힌 느낌이었다. 한참을 머뭇거리다 나는 이렇게 물었다.

"아빠, 할아버지도 나중에 그렇게 변해? 그러니까…… 할아버지도 나중에 그걸…… 그렇게 막 꺼내고 그래?"

비록 할아버지가 나와 같은 남자라고는 해도, 만약 다른 사람이 보는 곳에서 그런 일이 벌어진다면 정말 창피할 것 같았다.

"제 말이요!"

사촌 누나가 얼른 내 말을 맞받았다.

"치매에 걸리면 바바리맨이 되나요?"

"그 문제는 조금 이따 다시 얘기하기로 하고, 먼저 너희들 어릴 때 얘기를 들려줄게."

아빠는 고개를 돌려 다정한 눈빛으로 나를 빤히 바라보았다.

"민원, 아주 어릴 때 일이라서 너는 생각이 안 나겠지만 아빠는 여전히 기억해. 너는 밥 한번 먹을 때마다 몇 시간씩 걸리는 아이였단다. 입안에 음식을 넣고는 씹지도, 그렇다고 삼키지도 않았거든. 엄마랑 아빠는 네가 너무 적게 먹어서 영양 섭취를 제대로 못 할까 봐 걱정했지. 어르고 달래며 별별 방법을 다 써 봤지만 딱히 효과가 없었어. 한 시간씩 걸려서 밥을 먹였는데도 음식이 반이나 남았으니까. 그래서 아빠가 마지막으로 생각해 낸 건 이야기를 들려주면서 밥을 먹이는 방법이었어. 이를테면 생선을 먹일 땐 '인어 공주' 이야기를 들려주는 식이었지. 인어 공주가 깊은 바다를 헤엄쳐 산호초 동굴로 들어가는 이야기를 해 주면 너는 귀를 쫑긋 세우며 눈을 동그랗게 뜨곤 입을 헤벌려 꿀꺽꿀꺽 밥을 받아먹었지."

아주 어릴 때의 일이지만 희미한 기억은 남아 있었다. 아빠의 이야기 덕분에 밥 먹는 시간은 몹시 흥미진진한 놀이로 바뀌었으니까.

"너한테 밥을 다 먹이고 나면 내 그릇의 음식은 이미 차갑게 식어 있었어. 하지만 아빠는 조금도 개의치 않았단다. 아빠는 네가 밥 먹는 모습만 봐도 그저 좋았으니까!"

아빠는 계속해서 말했다.

"네가 걸음마를 배우기 시작할 즈음엔 제대로 서지도 못하면서 굳이 걷겠다고 떼를 쓰더구나. 아빠는 혹시나 네가 쓰러지거나 넘어질까 봐 허리를 굽힌 자세로 너를 붙잡고 한 발짝 한 발짝 걸음마 연습을 시켰어. 몇 걸음만 걸어도 이내 허리가 쑤셨지만 네가 조금씩 제대로 걷는 모습을 보면 하나도 힘들지 않았어. 오히려 왠지 모를 성취감을 느꼈지. 그렇게 천천히 그리고 조금씩, 코를 푸는 법, 변기에 소변을 보는 법, 엉덩이를 닦는 법…… 그런 것들을 가르쳤단다. 처음엔 네가 제대로 할 줄 몰라서 툭하면 사방에 오줌을 싸고 바지 한가득 똥을 싸기도 했지. 하지만 엄마와 아빠는 그걸 전혀 더럽다고 생각하지 않고 차근차근 여러 번 다시 알려 주었어. 그다음엔 단추를 채우는 법과 신발 끈 묶는 법을 알려 줬지. 네가 배운 걸 금방 까먹어도 아무 상관 없었어. 능

숙하게 해낼 때까지 여러 번 다시 가르쳐 주면 되었으니까."

아빠가 고개를 들더니 생각에 잠긴 눈빛으로 먼 곳을 응시했다.

"민원, 어느 날 아빠가 두 손을 덜덜 떨며 밥 먹을 때마다 옷을 더럽히고, 제대로 걷지도 못해 비틀거리고, 사방에 똥을 싸고, 어떤 일을 수백 번 일러 줘도 금세 까먹을지 몰라……."

"아빠!"

내가 얼른 아빠의 말을 가로막았다.

"무슨 뜻인지 알아."

나는 눈을 깜빡이며 터져 나오려는 눈물을 가슴속으로 밀어 넣었다.

"아빠! 언젠가 그런 날이 와도 절대 아빠를 외롭게 내버려 두지 않을게. 아빠가 어린 나를 키워 준 것처럼, 그리고 지금 아빠가 할아버지를 돌봐 드리는 것처럼, 나도 그렇게 할게!"

난 무심결에 아빠의 손을 꼭 잡았다. 그리고 태어나 처음으로 느꼈다. 아빠의 손바닥이 내가 상상했던 것처럼 크지 않다는 사실을.

미소를 지으며 고개를 끄덕이는 아빠의 눈가에 언뜻 눈물이 어렸다. 사촌 누나와 형도 아무 말이 없었다.

"'치매' 얘기를 다시 하자면, 의사인 나조차도 너희들에게 한마디로 설명하기가 참 어렵구나. 아무튼 치매는 뇌의 노화 때문에 발생하는 증상인데 보통은 노인들에게 나타나지. 타이완에만 23만 명의 치매 환자가 있어. 전 세계에서는 4초마다 한 명씩 치매 환자가 발생하고."

"와! 4초에 한 명이라니! 그럼 나중엔 온 세상이 치매 환자로 꽉 차겠네요?"

사촌 형이 물었다.

"그 정도는 아니야. 하지만 40년쯤 후 타이완의 치매 노인은 70만 명에서 80만 명 정도로 늘어날 거야. 혹시 할아버지도 앞으로 대소변을 가리지 못하게 되거나, 아무 데서나 옷을 막 벗는 행동을 하게 되느냐고 물었지? 솔직히 말하면 할아버지가 앞으로 어떻게 될지는 나도 잘 몰라. 치매 환자의 사고와 행동은 병의 원인이나 진행 정도에 따라 각기 다른 양상을 보이니까. 하지만 너희들이 이것만은 이해해 줬으면 좋겠어. 치매 환자들은 결코 일부러 그런 행동을 하는 게 아니란다. 그 사람들은 단지 아플 뿐이야. 본인의 뇌가 마음대로 작동하지 않는다면 기분이 어떻겠니? 얼마나 고통스럽고 절망적일까? 그리고 그런 환자를 돌보는 가족들은 또 얼마나 지치고 힘들겠어? 얘들아, 만약 어느 날 할아버지가 아니라 너희 아빠 혹은 이 작은아빠, 아니면 너희 엄마가 치매에 걸려 평소와 다른 비정상적인 행동을 한다 해도 부디 우리를 창피하게 여기지 말아 줬으면 좋겠구나……."

대단원

장화에서 돌아온 뒤로 할아버지의 상황은 점점 더 나빠졌다. 때론 겨우 몇 발짝만 걸어도 가쁜 숨을 몰아쉬었고 밥 먹는 시간의 대부분은 기침 때문에 힘들어했다. 아빠의 말에 따르면 할아버지는 씹는 기능이 퇴화된 데다 심장과 폐의 기능도 점점 쇠약해지는 중이라고 했다.

큰아빠와 아빠 사이엔 예전의 어색함이 사라졌다. 내가 모르는 무언가 있는 건지 아니면 이젠 정말 아빠와 화해했기 때문인지는 나도 알 수가 없었다. 아무튼 큰아빠는 할아버지를 보러 거의 매일 우리 집에 찾아왔다.

그날은 큰아빠가 오토바이에 사촌 형을 태우고 함께 왔다. 치매 환자는 정신이 멀쩡할 때도 논리적인 사고 능력이 부족하고 얼굴에 아무 표정도 없기 마련인데 할아버지는 그날따라 평소와는 다르게 유난히 의식이 또렷했다. 할아버지는 우리를 방으로 부른 다음 떨리는 손으로 앞쪽을 가리켰다.

"아순!"

할아버지가 심호흡을 한 다음 입을 열었다.

"저기 왼쪽 서랍에서 상자 좀 꺼내 다오."

아빠가 얼른 일어나 서랍 안쪽을 뒤적였고 한 뭉텅이의 약봉지 안쪽에서 쿠키 상자를 꺼내 할아버지에게 건네 드렸다. 군데군데 움푹 찌그러졌고 모서리에 녹슨 흔적이 보이는 낡은 상자였다.

"아위안, 아순, 너희 둘 이쪽으로 앉아 봐라. 내가 할 말이 있구나."

"아버지, 일단 푹 쉬셔야 해요. 말씀 많이 하지 마세요."

아빠가 대답했다.

"아니다! 네 어머니랑 야후이가 시장에 갔으니 그 사이 우리 남자들끼리 얘기 좀 하자꾸나."

할아버지는 상자를 열더니 안쪽에서 붉은색 봉투로 포장한 무언가를 꺼냈다. 아주 잠깐 그 물건을 응시하던 할아버지는 이내 아빠와 큰아빠에게 봉투를 하나씩 나누어 주었다.

봉투에는 각각 아빠와 큰아빠의 이름 그리고 생년월일시가 적혀 있었다.

"이게 뭔가요?"

큰아빠가 물었다.

"열어 보거라."

아빠와 큰아빠가 봉투를 열자 나와 사촌 형은 약속이나 한 듯 동시에 고개를 쭉 빼며 그쪽으로 머리를 쑥 들이밀었다. 집안 대대로 전해 오는 보물이라도 들었나 싶었는데, 예상을 깨고 등장한 물건은 5위안 동전만 한 크기의 거무튀튀한 갈색 덩어리였다. 쪼글쪼글 오그라들어 주름진 모양이 마치 말린 용안*처럼 보였다.

"저게 뭐지? 모양이 꼭 말려 놓은 개똥 같네!"

사촌 형이 낮은 목소리로 속삭이자 큰아빠가 사촌 형에게 꾸지람을 했다.

"조용히 해!"

"딱 그렇게 보이는데, 뭐!"

사촌 형은 눈을 흘기며 중얼거렸다.

바로 그때 할아버지의 심한 기침이 시작되었고 아빠와 큰아빠는 얼른 다가가 할아버지의 등을 살살 두드렸다. 할아버지의 앙상한 가슴팍이 심하게 들썩거렸고 1, 2분 정도 지나 조금씩 기침이 잦아들자 할아버지는 다시 입을 열었다.

"아위안, 아순. 지금부터 내가 하는 말 잘 들어 다오. 이 아비가 평생을 열심히 살았지만 딱히 벌어 놓은 거라곤 이 집 한 채뿐이구나. 아순, 너만 괜찮다면 이 집은 아위안에게 물려줄까 한다! 그 외엔 아무것도 없구나. 방금 너희들한테 건네준 그게 전부다."

할아버지는 가슴팍을 힘껏 부풀리며 숨을 크게 들이쉬었다.

"그건 너희들의 탯줄이다. 옛날 사람들은 아이 낳는 일을 두고 이런 말을 했지. '무사히 낳으면 잔칫상을 받고 그러지 못하면 관 속에 들어

---

* 중국 남부와 동남아시아 일대에서 생산되는 열대 과일. 껍질을 벗긴 모양이 용의 눈과 닮았다 하여 붙은 이름이다.

간다'고. 출산이 생사를 넘나들 만큼 어려운 일이란 뜻이겠지. 모든 아이는 그렇게 엄마의 목숨을 걸고 세상에 태어난단다. 부모는 그렇게 태어난 아이의 똥오줌을 받아 내며 온 힘을 다해 보살피고, 이후의 온갖 고된 수고와 노력에 대해서는 이제 너희들도 부모가 되었으니 다 알 게다. 어쩌면, 콜록, 콜록, 콜록……."

할아버지는 가쁜 숨을 내쉬며 계속 말했다.

"어쩌면 너희 둘 다 어머니한테 불만이 많을지도 모르겠다만, 우리는 너희들이 태어난 순간부터 지금까지 수십 년 동안 이 탯줄을 보관해 왔다. 그 이유는 부모인 우리가 여태껏 단 한 순간도 빼놓지 않고 너희들을 사랑해 왔기 때문이란다. 그래…… 아위안, 아순! 모든 사람의 인생엔 어쩔 수 없는 부분이 수없이 존재해. 나쁜 곳에만 시선을 두면 좋은 부분을 보지 못한단다. 부디 너희 어머니의 장점을 좀 더 많이 봐 주길 바란다. 그래야 내가 눈을 감을 때 마음 놓고 가지 않겠니……."

"아버지! 그런 말씀 마세요. 아버지 안 죽어요……."

큰아빠가 흐느꼈다.

"사람은 누구나 죽기 마련이야."

할아버지는 아주 길게 한숨을 내쉬었다.

고개를 숙이고 탯줄을 바라보는 아빠는 아무런 말이 없었다.

이어서 할아버지가 쿠키 상자에서 낯익은 손목시계 하나를 꺼내 들었다. 할아버지 회갑 때 아빠가 선물해 드린 시계였는데 할아버지가 가장 아끼는 물건이었다.

"카이원, 이리 오렴!"

사촌 형이 앞으로 한 발짝 나서자 할아버지는 시계를 들어 올리고 뜻밖에도 나를 향해 이렇게 말했다.

"민원, 원래대로라면 이 시계는 너한테 줘야 하지만, 이 할아버지가 카이원한테 주고 싶구나. 그래도 되겠니?"

"할아버지, 그렇게 안 물어보셔도 돼요. 아빠가 할아버지께 드렸으니까 할아버지 거잖아요. 할아버지가 주고 싶은 사람한테 주세요."

할아버지는 고개를 끄덕이며 금색 손목시계를 사촌 형의 손에 쥐여 주었다.

"카이원, 할아버지가 달리 줄 건 없고, 기념으로 이 낡은 시계를 너한테 남겨 주마. 너는 장씨 집안의 장손이야. 공부를 잘하든 못하든 그건 상관없다. 사람은 저마다 각자의 갈 길이 있고 크든 작든 자기 복은 타고나기 마련이라고 하더구나. 할아버지는 네가 스스로 앞길을 잘 개척하리라 믿는다. 네가 나쁜 길로 빠지지 않고 정정당당한 사람이 되는 것, 그게 이 할아버지의 유일한 바람이다."

"할아버지……."

사촌 형은 이를 꽉 깨문 채 한동안 아무 말도 하지 못했다. 평소엔 눈물 한 방울 흘린 적이 없는 사촌 형이었는데 지금 이 순간만큼은 눈시울이 빨갛게 변해 있었다.

"할아버지, 걱정 마세요. 장씨 집안에 먹칠하지 않는 떳떳한 사람이 될게요."

할아버지는 입꼬리를 살짝 올리며 사촌 형의 손등을 쓰다듬었다.

"민원, 이제 네 차례구나!"

할아버지가 손짓으로 나를 불렀다.

나는 그 자리에서 한 발자국도 움직이고 싶지 않아 멍하니 서 있기만 했다. 내가 여기서 발걸음을 뗀다면 머지않아 할아버지가 돌아가신다는 사실을 인정해 버리는 셈이었기 때문이다. 어찌 된 일인지 내 몸은 계속해서 부들부들 떨렸고 몸이 점점 심하게 떨릴수록 머릿속은 새하얀 백지가 되어 갔다. 수많은 개미 떼가 피부를 갉아 먹기라도 하는 것처럼 온몸이 마비되는 기분이었고, 수면 아래로 가라앉아 귀에 물이 가득 찼을 때처럼 아무런 소리도 들리지 않았다. 할아버지와 아빠가 물고기처럼 입을 뻐끔거리는 장면만 눈에 들어왔고 내 심장 박동이 북소리처럼 쿵쿵 고막을 울렸다.

그때 갑자기 누군가 나를 앞으로 떠밀었다. 아빠였다.

"왜 넋 나간 사람처럼 서 있어? 할아버지가 부르시잖아!"

그 순간, 할아버지가 상자 안에서 꺼내 든 물건은 바로…… 바로…… m&m's 초콜릿 봉지였다!

나는 눈이 탁구공만큼 휘둥그레져 입을 쩍 벌리고 말았다.

"할아버지…… 이…… 이 건……."

"할아버지가 그나마 기력이 온전했을 때 밖에 나가서 사 왔단다. 민원, 너는 도무지 부족한 것이 없지 않니. 그래서 할

아버지가 무얼 남겨 주어야 하나 한참을 고민하다 이 초콜릿을 골랐단다! 그동안 매일매일 이 할아버지 약을 챙겨 줘서 정말 고마웠다."

"할아버지, 그럼 혹시 진작부터……."

무언가 울컥한 감정이 솟구쳤고 복잡한 마음에 코끝이 시큰해졌다.

그러다가 문득 떠올랐다! 대략 서너 달쯤 전, 할아버지한테 약을 갖다 드릴 때의 일이었다. 원래대로라면 할아버지가 먼저 물을 한 모금 머금고, 내가 가짜 알약을 입안에 넣어 드리고 나면 할아버지가 물과 함께 약을 삼켜야 했다. 그런데 그날은 어찌 된 일이었는지 할아버지가 물을 삼킨 뒤에도 m&m's 초콜릿이 목구멍으로 넘어가지 않고 할아버지의 혀 위에 그대로 남아 있었다. 별안간 할아버지가 눈을 크게 뜨고선 나를 바라보았고 깜짝 놀란 나는 얼른 할아버지에게 물을 한 잔 더 마시게 했다.

"어때요, 할아버지? 알약 삼켰어요?"

아주 잠깐 동안 멍한 상태였던 할아버지는 이내 나를 향해 대답했다.

"그럼, 삼켰지! 민원, 고맙다!"

나는 아주 조심스레 할아버지에게 물었다.

"할아버지…… 괜찮으세요?"

그러자 할아버지는 잔잔한 미소를 지으며 이렇게 말했다.

"아주 좋아. 예전이랑 똑같구나!"

알고 보니 그때 할아버지가 말했던 '예전'과 내가 생각한 '예전'은 전혀 다른 의미였다.

할아버지가 건네준 m&m's 초콜릿 봉지를 꽉 움켜쥐자 바스락거리는 소리가 났다.

"어릴 때 할아버지가 목말 태워 줬던 일 기억하니? 할아버지 어깨 위에 올라가면 넌 항상 흥분해서 고래고래 소리를 질렀단다. 그렇게 이리저리 돌아다니다가 지칠 때쯤이면 가게에 들어가 초콜릿 한 봉지를 산 다음 한 알씩 나눠 먹었지. 넌 파란색 초콜릿을 먹고 나서 혀가 파랗게 물드는 걸 참으로 좋아하지 않았니. 혀를 쑥 내밀면서 '할아버지, 이것 좀 봐! 도깨비 혓바닥이야!'라고 외쳤지. 허허허, 그야말로 천방지축 개구쟁이 꼬맹이었는데! 그 꼬맹이가 어느새 이렇게 커서 곧 초등학교를 졸업한다니……. 그런데 이 할아버지가 네 졸업식엔 못 갈 것 같구나……."

"할아버지, 그만해요, 안 들을래요. 할아버지는 안 죽어요!"

나는 거세게 고개를 가로저었다.

할아버지가 내 머리를 가볍게 쓰다듬었다. 나는 누군가 내 머리를 쓰다듬는 걸 정말 싫어했다. 누군가 머리를 쓰다듬을 때마다 내가 영원히 꼬맹이 취급을 받을 것 같은 기분이 들었기 때문이다. 그렇지만 지금은 아무래도 상관없었다. 할 수만 있다면 100살이 되어서도 기꺼이 할아버지에게 머리를 내어 드리고 싶었다.

"이런, 바보 같은 소리. 사람은 누구나 죽기 마련이야. 할아버지는 이번 생에 이렇게 너희들과 인연이 닿아서 정말로 행복했다. 그리고 만약 하늘이 허락한다면 다음 생에서도 너희들과 다시 만나고 싶구나. 민원! 할아버지가 이 초콜릿을 주는 건 비록 내가 이 세상에 없더라도 우리 둘 사이의 아름다운 추억을 잘 간직해 달라는 의미란다. 할아버지는 항상 이곳에 있을 테니 말이다!"

할아버지는 손가락으로 내 미간을 가리켰다.

나도 모르게 뜨거운 눈물이 뺨을 타고 흘러내렸다. 나는 고개를 숙인 채 조용히 흐느끼며 손에 쥔 '기억'이란 이름의 초콜릿을 말없이 바라보았다.

3일 뒤, 할아버지는 흡인성 폐렴으로 생긴 패혈증으로 중환자실에 입원했다. 내가 면회를 갔을 때 할아버지의 몸에는 수많은 튜브가 꽂혀 있었다.

아빠가 내게 물었다.

"민원, 만약 할아버지가 돌아가실 때 네가 그 옆을 지켜야 한다면 많이 무서울 것 같니?"

몇 달 전 엄마도 똑같은 질문을 했었다. 그때는 곰곰이 생각해 보지 않았지만 지금의 나는 확실한 대답을 알고 있었다.

아빠가 내 손을 가볍게 잡았다. 아주 살짝 잡은 아빠의 손에서 심한 떨림이 느껴졌다. 아빠가 내 손을 잡은 이유는 어쩌면 아빠 자신도 두려웠기 때문인지 몰랐다.

아득한 눈빛으로 천장을 바라보던 아빠가 느릿느릿 이렇게 말했다.

"누가 그러더라, 인생은 여행이라고. 하아, 어쩌면 그 말이 맞는지도 모르겠구나."

고개를 들어 먼 곳을 응시하는 아빠의 눈은 꼭 물이 그렁그렁한 호수 같았다. 아빠는 마음을 다잡으려는 듯 숨을 크게 들이마시곤 이렇게 말했다.

"말하자면 지금 우린 공항의 출입국장에 나와 있는 거야. 입국할 때 누군가 마중을 나와 주면 왠지 기쁘고 안심되잖아. 그런데 출국할 때 아무도 배웅해 주지 않는다면 분명 무척 쓸쓸하겠지. 그러니까 할아버지가 홀로 먼 여행을 떠나신다 생각하고 우리가 할아버지를 배웅해 드리자. 할아버지가 외롭지 않도록. 어때?"

나는 아빠의 손을 아주 힘껏 잡으며 대답했다.

"아빠, 걱정 마! 우리 할아버지잖아. 난 하나도 안 무서워!"

내 말에 안심이 됐는지 아빠가 고개를 끄덕이며 애써 미소를 지어 보였다. 하지만 그 순간 정작 아빠의 뺨으로는 두 줄기 눈물이 흘러내리고 있었다. 아빠가 입버릇처럼 말하곤 했던, 남자가 흘려선 안 되는 눈물이.

그날부터 며칠 동안 아빠는 잠시도 할아버지 곁을 떠나지 않았다. 그리고 할아버지의 호흡 상태가 변할 때마다 아빠의 행동 역시 달라졌다. 할아버지의 숨이 가빠질 때마다 아빠는 반사적으로 할아버지에게 바싹 다가갔고 반대로 호흡이 서서히 잦아들면 그때서야 아빠도 조금씩 긴장을 풀었다. 하루의 대부분을 그렇게 할아버지 곁에 앉아서만 보냈는데도 아빠는 몹시 피곤해 보였다. 눈 밑에는 거무스름한 그늘이 생겼고 양쪽 뺨도 홀쭉해졌다.

할아버지 몸의 중요 기관들은 상태가 급

속히 악화됐고 호흡도 날이 갈수록 가빠졌다. 매번 숨을 들이쉴 때마다 할아버지의 목구멍에서는 물을 휘젓듯 그르렁거리는 큰 소리가 났다. 할아버지는 하루 중 대부분의 시간을 눈을 감은 채 보냈는데, 이따금 할아버지가 눈을 뜰 때면 아빠는 복권에 당첨되기라도 한 듯 깜짝 놀라며 몸을 벌떡 일으켜 할아버지에게 말을 걸었다. 사실 할아버지가 제대로 앞이 보이는지, 혹은 정말로 정신이 돌아왔는지는 아빠도 알지 못했다. 그렇지만 아빠는 뼈만 앙상하게 남은 할아버지의 손을 주무르면서 할아버지를 향해 이런 이야기들을 건넸다. 민원이 오늘 어떤 과목에서 또 100점을 받았고, 이번에도 학교에서 모범생으로 뽑혔다고……. 하지만 그건 하늘만 아는 거짓말이었다. 난 그날 분명 학교에 가지 않았으니까.

월요일 오전 열한 시쯤, 할아버지는 갑자기 가슴팍을 힘껏 부풀리며 호흡기를 통해 숨을 들이마시려 했다. 우리한테는 흔해 빠진 공기였지만 할아버지에게는 아주 간절한 그 숨을 말이다. 그런데 누군가에게 목을 졸린 것처럼 할아버지는 더 이상 호흡을 이어 가지 못했다. 힘겹게 눈을 뜬 할아버지가 텅 빈 눈빛으로 앞쪽을 응시했고 나는 얼른 다가가서 할아버지, 하고 소리 내 불렀다. 그러자 할아버지의 눈빛에 초점이 돌아왔고 눈동자가 살며시 움직이더니 할아버지가 내 얼굴에 시선을 고정했다. 할아버지의 표정이 조금씩 편안해졌고 마지막으로 기나긴 숨을 한 번 내쉰 할아버지는 마치 깊은 잠에 빠져들듯 천천히 두 눈을 감았다.

아빠가 몸을 숙여 할아버지를 꼭 껴안았다. 그리고 할아버지의 뺨에 얼굴을 비비며 귓가에 대고 이렇게 속삭였다.

"아버지, 그동안 고생 많으셨어요. 이제 편히 쉬세요!"

연극이 끝난 뒤

그리움은 어느 순간, 밀물처럼 느닷없이 훅 몰려온다. 마치 식당에서 생선회를 봤을 때처럼, 노점상에서 파는 뜨거운 더우화* 냄새를 맡았을 때처럼, 오래된 옛 노래를 들었을 때처럼, 그리고 그 초콜릿 봉지를 손에 쥐었을 때처럼……. 그리움은 그렇게 밀물과 썰물처럼 차올랐다 멀어지고…… 차올랐다 멀어진다…….

할아버지가 돌아가시고 난 뒤, 오직 한 명의 관객을 위해 상연됐던 '보기 좋은 연극'도 막을 내렸다. 그렇다면 아빠와 할머니는 전보다 행복하고 즐거운 나날을 보내는 중일

* 더우화花. 연두부 위에 각종 고명을 얹어 먹는 타이완 음식.

까? 물론 그렇지 않다! 하지만 아빠는 할머니와 잘 지내는 방법을 찾아 냈다. 할머니가 화를 낼 때면 아빠는 아무 말도 하지 않다가 운동을 하러 간다는 둥 어쩐다는 둥 핑계를 대며 그 자리를 빠져나갔다. 엉망진창인 상황을 뒤로한 채 말이다. 그럼 아빠한테 화를 내지 못한 할머니는 대신 엄마한테 성질을 부리고, 참다못한 엄마는 결판을 내자며 다시 아빠를 찾았다.

그래서 아빠와 엄마는 할머니를 상대하기 위한 공동 규약을 정했는데, 바로 두 사람이 서로 한 번씩 돌아가며 욕을 먹기로 한 것이었다. 하지만 이 방법은 아빠에게 불리했다. 일단 할머니에게 욕을 먹고 나면 엄마는 아빠를 향해 '당신 어머니가 또……'라며 잔소리 폭격을 날렸기 때문이다. 그럼에도 불구하고 아빠는 전보다 훨씬 냉정하고 침착했다. 그저 턱수염을 만지작거리며 묵묵히 엄마의 말을 듣기만 했다.

이제는 할머니가 이유 없는 트집을 잡으며 아무리 난리를 피워도 전처럼 살벌한 전투가 벌어지진 않는다! 어쩌면 그건 할아버지의 영혼이 평안하길 바라는 아빠의 마음 때문인지도 모르겠다. 혹은 아빠가 수편 할머니의 이야기 속에서 할머니를 이해할 만한 이유를 찾았기 때문인지도 모르고……. 아무튼, 서부 전선은 이상 없고** 할머니는 맘 편히 잘 지내는 중이다. 그리고 시공을 넘나들던 할아버지의 영혼도 이제는 온전히 머물 곳을 찾았다.

**   독일 작가 레마르크가 전쟁에 반대하며 쓴 소설 『서부 전선 이상 없다』에서 따온 표현이다. 할머니와 아빠 사이에 더 이상 싸움이 벌어지지 않는다는 것을 의미한다.

그리움이란 이름의 흔들의자

어느 여름 오후, 묶었던 머리를 풀고 낡은 흔들의자에 앉았다. 30도가 넘는 무더운 오후라 풀어 헤친 머리카락이 목에 쩍쩍 달라붙어 꽤 더웠지만 등받이에 머리를 편하게 기대기 위해서라면 이 정도는 참을 만했다. 몸을 살짝 움직여 의자에 깊숙이 앉아 양손을 팔걸이에 자연스레 얹어 놓았다. 그리고 몸을 기울여 가장 완벽한 각도를 잡은 다음 의자와 완전히 한 몸이 되었다. 나는 의자를 천천히 흔들며 기다란 창문 밖으로 쏟아지는 주홍색 섞인 금빛 햇살을 바라보았다. 산들바람에 흔들리는 꽃나무들과 부지런히 돌아다니는 벌, 나비가 눈에 들어왔다.

이 흔들의자는 특수 처리된 베이지색 종이 끈을 엮어 만든 것이다. 소박한 맛은 있지만 결코 등나무처럼 튼튼하고 질기진 않았는데, 어느 정도 포근하고 부드러운 느낌을 주긴 했다. 나는 이 의자를 10년 전쯤 아버님을 위해 샀다. 새로 마련한 집에 두려고 말이다. 하지만 정작 아버님은 처음 이 의자를 보시곤 칭찬은커녕 아무 말씀도 하지 않으셨다.

그저 입가에 잔잔한 미소를 지으시더니 의자에 앉아 눈을 감고 천천히 의자를 흔드셨다.

　그 이후로 아버님과 어머님은 며칠에 한 번씩 우리 집에서 묵으실 때마다 거의 하루 종일 흔들의자에 앉아 계셨다. 이따금 아버님의 유일한 손자인 나의 아들이 아버님 배 위로 올라가 의자를 세게 흔들어 달라고 졸랐는데, 그럴 때면 두 사람의 모습은 꼭 그네를 타는 것처럼 보였다. 그러곤 두 사람은 본인들끼리만 통하는 이야기를 하며 시끌벅적하게 웃었다. 또 어떤 날엔 아버님이 종일 흔들의자에 앉아서 드라마를 보셨고 가끔은 그러다가 의자에서 깜빡 졸기도 하셨다. 방 안에 들어가서 주무시라고 말씀드리면 언제나 눈 감고 쉬는 중이라고 대답하셨는데, 얼마 지나지 않아 아버님의 머리는 다시 이쪽저쪽으로 정신없이 흔들렸다.

시간이 지날수록 의자의 팔걸이 부분은 점점 닳았고 종이끈이 하나씩 밖으로 드러나 아버님의 팔을 찌르기도 했다. 어머님은 의자를 어서 내다 버리라고 했지만 아버님은 싫다고 하셨다. 어쩌면 좋을까 생각하다가 순간 아이디어가 떠올랐다. 나는 팔걸이와 비슷한 색의 두꺼운 천을 찾아내서 닳고 해진 부분을 감쌌다. 비록 새것만큼은 아니었지만 한껏 솜씨를 부려 또 다른 분위기의 흔들의자를 탄생시켰다.

그 뒤로 몇 년이 흘러 아버님에게

암과 치매가 찾아왔고 아버님은 우리와 함께 살게 되었다. 아버님은 더 이상 손자를 안아 주지 못했고, 기억은 과거와 현재를 오락가락했다. 때로는 아버님에게 환청과 환각 증세까지 나타났다. 흔들의자가 우주선이 되어 아버님을 태운 채 서로 다른 시간과 공간을 오고 갔다. 동시에 그 흔들의자에는 3대에 걸친 우리 가족의 사랑과 정이 담겼다.

어느 날 어머님이 아이스크림 두 개를 아들한테 주며 "너 하나, 할아버지 하나, 나눠 먹어"라고 말씀하셨다. 아들은 얼른 방으로 뛰어 들어가 아버님께 아이스크림을 건넸다. 아버님은 눈썹을 찡그리면서 힘들게 포장지를 만지작거렸지만 손이 말을 듣지 않아서 아무리 애를 써도 포장은 벗겨지질 않았다. 그러자 흔들의자 옆에 서 있던 아들이 곧바로 제 것을 옆에 밀어 놓더니 할아버지의 아이스크림을 받아 들었다. 아이는 행여 녹은 아이스크림이 할아버지의 손에 묻을까 포장지를 꼼꼼히 정리해서 다시 할아버지에게 건넸다. 아이스크림을 받아 든 아버님은 손자를 물끄러미 바라보았고 두 사람은 이내 미소 띤 얼굴로 아이스크림을 크게 한입 베어 물었다.

또 어떤 날은 아버님이 갑자기 몸을 일으키더니 절룩거리며 어디론가 걸어가는 모습을 보고 아들이 냉큼 달려가 물었다. "할아버지, 뭐 하시려고요? 제가 도와드릴게요!"

그러자 아버님은 당황스러운 눈빛으로 조용히 이렇게 대답했다. "나 똥 쌌어!"

아들은 아버님의 어깨를 토닥이며 말했다. "괜찮아요! 제가 엄마랑 할머니한테 말씀드릴게요!"

당시의 아버님은 자신의 눈앞에 서 있는 사람이 누구인지 알아보지 못했다. 그저 곤란한 상황을 해결해 주고 도와줄 친구라고 생각했을 것이다.

흔들의자 바로 옆, 등받이 없는 의자에 앉길 좋아하는 또 한 사람이 있었다. 익숙한 그림자는 바로 내 남편이었다. 매일 아침저녁으로 남편은 아버님 옆에 앉아서 대화를 나눴다. 말이 대화지, 사실은 전혀 통하지 않는 이야기가 오고 갔다. 남편이 아버님께 "오늘 입맛이 좀 어떠세요?"라고 물으면 아버님은 "당신 옆의 그 여자는 몇 년 전에 죽지 않았어?"라고 대답했다. 남편이 이상하다는 듯 "누구를 말씀하시는 거예요?"라고 다시 물으면 "너 내 옷 어디로 치웠냐?"란 대답이 돌아오는 식이었다.

엉뚱한 대답은 남편을 쓸쓸하게 만들었다. 하지만 그중에서도 정말 비수처럼 날아와 꽂히는 질문이 하나 있었다.

"당신 누구야?"

만약 우리가 가장 사랑하는 모든 것들이 기나긴 기억의 강 속으로 유실된다면, 물결이 지나간 자리엔 과연 무엇이 남을까?

아버님의 혼란스러운 영혼 그리고 이 기나긴 기억의 강 속에서 잊혀 가는 우리 집 세 남자를 보며 나는 많은 것을 느꼈다. 그리고 그들을 모델로 삼아 이 소설을 썼다. 독자들에게 어떤 메시지를 전달하겠다는 의도가 있었다기보다는, 도대체 우리가 인생에서 배워야 할 과제가 무엇인지를 스스로 탐구하고 싶은 마음이 더 컸다.

결국 아버님은 생명에 마침표를 찍는 마지막 순간까지 흔들의자에서 남은 세월을 보내셨다.

아버님이 돌아가신 지 얼마 안 되었을 당시엔 조용히 멈춰 선 텅 빈 의자가 너무나 어색했다. 마치 의자마저도 생명을 잃은 것 같았다. 언제나 온화하고 인정 많았던 아버님인데 과연 또 다른 세상에서 잘 지내고 계실까, 이런 생각도 많이 했다. 그러던 어느 날 꿈에 나타난 아버님은 여전히 그 흔들의자에 앉아 계셨다. 깜짝 놀란 내가 "아버님! 여긴 어쩐 일이세요?"라고 묻자 아버님은 그저 웃기만 할 뿐 아무런 대답도 하지 않으셨다. 단지 흔들의자의 삐걱대는 소리만이 깊은 밤에 울려 퍼지고 있었다. 잠에서 깬 나는 아버님이 무척이나 그리웠지만 슬프진 않았다. 아무래도 아버님이 보여 주신 그 미소 때문인 듯했다. 아버님은 내게 이렇게 말씀하시는 것 같았다. 난 아주 잘 있단다!

2년이 지나고, 또 2년이나 지났다. 나는 흔들의자의 팔걸이 부분을 다시 손봤다. 한가할 때면 흔들의자에 앉아 베란다의 화초를 구경한다. 남편도 가끔씩 그곳에 가만히 앉아 있곤 한다. 아버님의 위패 옆에서, 아버님의 사진을 배경 화면으로 설정해 둔 휴대 전화를 손에 쥔 채, 마치 생전에 아버님과 시간을 보내던 그때처럼……

이 책을 나의 아버님, 나의 남편 그리고 내 아들에게 바친다.

평수화

205

불후의 영혼

갈등과 상처만 가득한 어느 가족이 있다. 말다툼과 감정싸움은 끊임없이 계속됐다. 그러던 어느 날, 암으로 투병 중인 할아버지의 병세가 악화되어 시간이 얼마 남지 않았다는 소식을 듣게 되고 가족들은 그때서야 원망을 내려놓고 해결책을 찾기 시작한다.

이 소설에 등장하는 대가족은 서로를 미워하고 서로에게 불만이 많다. 과거에 쌓였던 문제뿐만 아니라 새롭게 발생한 문제들로 서로에게 입힌 상처가 켜켜이 쌓여 가지만 다들 자존심 때문에 양보하지 않는다. 할아버지의 임종을 얼마 남겨 두지 않은 상태에서, 할아버지가 편히 눈을 감을 수 있도록 가족들이 변화하는 데서부터 이야기는 시작된다. 작가는 가장 직설적인 방식으로 이야기를 써 내려갔다. 언어와 감정의 표현 또한 숨기지 않고 상처를 그대로 드러내며 틀어져 버린 가족 관계를 생생히 보여준다. 또한 번뜩이는 칼날처럼 살기등등한 기세와 잔뜩 가라앉은 분위기로 독자들을 극한으로 몰고 가기도 한다. 하지만 적당한 타이밍에 등장하는 유머와 다소 황당한 에피소드를 통해 답답한 분위기를 해소한다. 이렇듯 아슬아슬하게 흥미를 유발하며 동시에 심금을 울리는 이야기를 완성하다니, 역시나 훌륭한 작가라는 생각이 든다.

　작가는 가족 문제의 해결을 위해 다분히 의도적으로 신세대와 구세대를 가족 구성원들로 배치했고 공동의 문제를 함께 마주하게 했다. 고지식하고 완고한 구세대의 이야기가 신세대의 참신한 사고방식과 만나 해결책을 찾아내게 될 뿐만 아니라, 답답하게 가라앉은 분위기 역시 돌연 유머러스하고 발랄하게 변화한다. 마치 가뭄에 단비가 내리듯 문제가 해결되고, 덕분에 가족들은 계속해서 앞으로 나아갈 가능성을 찾는 것이다. 암으로 투병 중인 할아버지가 곧 세상과 이별해야 한다는 사실은 모두에게 너무나 슬픈 일이다. 하지만 신세대는 할아버지가 편한 마음으로 떠날 수 있도록 구세대를 설득해 이런 제안을 한다. 과거의 앙금을 털어 내고 '화해의 연극'을 함께하자고. 이러한 결정을 통해 그동안 밝은 빛을 보지 못했던 가족들은 창문을 열고 시원한 바람과 따스한 햇살의 아름다움을 다시금 느끼게 된다. 참으로 안타까운 점은, 만약 할아버지가 돌아가시지 않았다면 이 창문은 결코 열리지 않았으리란 사실이다. 할아버지의 생명이 조금씩 꺼져 가는 시점이 되어서야 가족들이 서로 원망을 내려놓고 용서했다는 사실이 참으로 현실적이면서도 아이러니하다.

　훌륭한 소설을 통해 독자는 자신을 '발견'하는 동시에 남들에게 차마 말하지 못한 내면의 아픔을 치유할 수 있다. 어쩌면 작가 자신도 자식을 둔 엄마이기에 해피엔드를 바라는 독자들의 마음을 어느 정도는 헤아렸을 것이다. 그래서 부득이하게 행간에 등장하여 소설 속 인물들에게 자신의 인생 가치와 생활 태도를 투영하며 무거운 분위기를 조금이나마 밝게 만들었는지도 모르겠다. 작가의 애틋한 모성애가 엿보이는 부분이다.

작가는 이러한 장르를 통해 지금 끊임없이 새로워지는 중이다. 유머러스한 문장으로 장애물을 헤치고 나아가며 자신만의 탄탄대로를 개척했고 동시에 사람들의 눈을 반짝이게 만들었다. 나 역시 이 이야기를 통해 작가의 따뜻하고 섬세한 모성애를 느낄 수 있었다. 그녀는 자신의 문장을 빌려 손을 내밀었을 뿐만 아니라 가정에서 아픔을 겪고 있는 모든 아이들과 어른들을 꼭 안아 주고 있다.

타이동 대학(台東大學) 아동문학연구소 명예교수, 린원바오(林文寶)

치매를 더 잘 이해하기 위해 I

치매는 환자 개인의 고통에서 끝나는 것이 아니라 가족 모두가 힘들어지는 병이다.

치매 환자를 돌보는 일은 생각보다 훨씬 힘들고 그 과정에서 몸과 마음이 전부 지치기 마련이다. 하지만 이 병에 대해서 잘 알고 이해한다면 상황에 맞추어 해결책을 마련할 수도 있다. 치매 환자를 돌보는 가정에서는 어른들뿐만 아니라 청소년 역시 가족의 일원으로서 많은 관심과 이해를 가져야 한다. 또한 상황을 받아들이고 책임감 있는 자세로 환자를 돌보는 일에 참여해야 한다.

청소년의 심리와 요구에 주목하여 이런 책이 출판되었다는 사실이 참으로 기쁠 따름이다. 그래서 예전에 인터넷에서 한참 화제가 되었다가 나중에 『만약 내가 치매에 걸린다면(假如我得了失智症)』이란 책에 수록된 글 한 편을 독자 여러분과 공유하고자 첨부한다.

타이완의 치매 분야 권위자, 의사 류슈즈(劉秀枝)

사랑하는 친구 여러분.

이 편지를 쓰는 이유는 바로 내가 치매 증상을 보이기 시작했다는 사실을 알리고 싶어서다. 하지만 너무 놀랄 필요는 없다. 아직은 초기라서 괜찮다. 이렇게 멀쩡히 편지 정도는 쓸 수 있으니까. 그래도 일부 글자나 추억들이 잘 기억나질 않는 데다 필름이 끊어질 때도 많아서 이 편지는 여동생의 도움으로 쓰게 되었다.

나는 올해 70세로 여러분보다 훨씬 나이가 많다. 사람들과 모임을 갖고, 골프를 치러 다니고, 해외여행도 다니고, 사람들을 알아 가며 사교 활동을 하고, 생활하는 데 다른 이들의 도움을 받게 된 지도 벌써 20년이 다 되었다. 여동생은 내가 자꾸 같은 질문을 반복하고 무언가를 잘 까먹는 데다 약속을 하고도 잊을 때가 많다며 툭하면 잔소리를 했다. 한번은 집 수도꼭지를 잠그지 않고 그냥 나가 버리는 바람에 물탱크의 물이 죄다 흘러나온 적이 있었다. 그 후 나는 여동생의 권유로 신경정신과에서 진료를 받았고 여러 가지 검사를 거치고 난 뒤 결국 치매 판정을 받았다. 뇌세포 손상으로 발생한 알츠하이머병이었고, 뇌세포의 퇴화를 늦추기 위한 약물을 복용하기 시작했다.

내가 무언가를 깜빡할 때마다 여동생은 책망하는 말투로 '내가 전에 말했잖아'라고 대꾸했다. 하지만 이젠 더 이상 그런 말을 하지 않는다. 내가 계속 같은 이야기를 반복할 때마다 '그 얘긴 이미 수십 번이나 했어'라고 말하듯 이상하게 쳐다보던 눈빛 역시 사라졌다. 오히려 부드러운 목소리로 '괜찮아' 혹은 '내가 대신 기억할 테니까 걱정하지 마'라고 말해 준다. 그럴 때면 내가 정말 아프다는 현실을 깨닫곤 한다.

내 골프 실력은 원래부터 신통치가 않았다. 그런데 최근 반년 동안은 내가 몇 번째 타를 진행하는지, 심지어는 한 홀에 몇 타를 쳤는지조차 기억하지 못했다. 이럴 때면 함께 골프를 치는 친구들이 옆에서 알려 주거나 캐디에게 타수를 계산해 달라고 부탁했다. 어느 날에는 이미 여러 홀을 끝낸 뒤 갑자기 친구들을 향해 우리가 지금 첫 번째 홀을 도는 중이냐며 엉뚱한 질문을 하는 바람에 모두를 당황하게 하기도 했다. 친구들의 눈빛을 보고 나는 생각했다. 내가 치매 환자라는 사실을 알려야겠다고.

의사 선생님은 치매가 결코 창피한 일이 아니라고 했다. 담낭에 문제가 생기면 담낭결석이 되고 유방에 발생한 종양은 유방암이 되듯, 신체의 모든 기관에는 이상이 생기기 마련이며 치매 역시 일종의 뇌세포 손상으로 나타나는 병이라고 말이다. 그렇지만 난 예전과 다르게 자신감을 많이 잃었다. 내가 과연 제대로 행동하고 있는지, 같은 이야기를 계속 반복하지는 않는지 확신할 수 없었기에 갈수록 불안감도 심해졌다. 게다가 다급한 상황에 놓일수록 내 생각을 말로 표현하지 못했다. 숨을 쉬지 못할 정도로 답답한 증상이 자주 나타나는 바람에 식당에서 밥을 먹다가 화장실을 여러 번 오가기도 했다. 아들과 함께 심장내과와 비뇨기과를 모두 다녀왔지만 병원에선 너무 걱정 말라며 단지 긴장 때문에 생긴 증상이라고 했다.

마치 손에 가득 쥔 물건들이 하나씩 하나씩 떨어지듯 나의 기억력과

인지 능력은 감퇴하는 중이다. 순식간에 사라지고 흩날리는 사막의 모래처럼 말이다. 언젠간 늘 가던 곳에서 길을 잃고 헤맬지 모르고, 당신의 이름마저 까먹을지 모른다. 심지어 씻지도 못하고 밥조차 먹지 못하는 최악의 상황이 닥칠지도 모른다. 하지만 아직 초기인 나는 여전히 골프를 치고, 골프공이 홀에 들어가는 순간의 즐거움도 느낀다. 맛있는 음식을 맛보고, 아름다운 경치도 감상하며, 다른 사람들의 농담에 웃을 수도 있다. 또한 여러분이 보내 주시는 따뜻한 관심과 사랑도 아직은 느낄 수 있다. 어쩌면 훗날 언젠가는 이 모든 기억을 잃겠지만, 나는 '현재에 집중하는 것'이 더 중요하다고 생각한다.

뇌졸중으로 거동이 불편한 친구가 있다면 곁에서 부축해 주고 지팡이가 되어 천천히 걷도록 도와주듯, 주변에 치매로 기억을 잃어 가는 친구가 있다면 그를 천천히 이끌어 주고 충분히 기다려 주길 바란다.

치매 초기의 어떤 여성이 씀

치매를 더 잘 이해하기 위해 II

독자 여러분, 여러분은 무럭무럭 자라나 훗날 이 사회와 한 가정의 기둥이 될 것이다. 하지만 여러분을 보살펴 주시던 부모님은 점점 나이를 먹어 가고, 노인이 되면 대소변을 가리지 못하고 정신이 오락가락하게 되며 심지어 여러분을 알아보지 못하는 때가 올지도 모른다. 만약 그렇게 된다면, 부모님께서 온갖 고생을 마다하지 않고 우리를 먹이고 입히고 키워 주셨던 것처럼, 여러분도 인내심을 가지고 부모님을 잘 보살필 수 있겠는가? 홍란 교수님의 글을 함께 읽어 보자.

입장을 바꿔 보면 이해할 수 있다

'가족 중에 아픈 사람이 없고, 감옥에 간 사람이 없고, 집 밖에 원수가 없다면 행복한 가정'이란 말이 있다. 이 책을 읽어 보면 과연 그 말이 맞는구나, 라는 생각이 든다. 아픈 환자를 오랫동안 돌본 경험이 없다면 그런 사람들이 얼마나 힘든지 가늠하지 못한다. 내 친구는 겨우 50대 초반인데 알츠하이머병을 앓는 시아버지를 돌보느라 반년 사이에 머리가 완전 하얗게 세었다. 그 때문에 길에서 만난 친구를 하마터면 알아보지 못할 뻔했다. 그 친구는 이렇게 말했다. 체력도 문제지만 제일 힘든 건 바로 몸과 마음이 극도로 지쳐 버린다는 사실이라고. 게다가 친구 말에 따르면 아기를 돌보는 것보다 노인을 돌보는 일이 훨씬 더 힘들다고 했다. 아기는 스스로 문을 열지 못하기에 적어도 자신이 화장실 다녀온 사이 없어질 일은 없다는 것이다. 친구는 늦은 밤 남편과 함께 자전거를 타고 길바닥을 헤매며 시아버지를 찾는 일이 자주 벌어진다고 했다.

오늘날 치매는 그 이름만으로도 사람들이 두려워하는 병이 되었다. 치매의 종류는 여러 가지지만, 그중 대표 격이 바로 알츠하이머병이다. 환자가 마치 어린아이처럼 감정 기복이 심해지고 고집이 세지며 쉽게 화를 내는 것 외에는 다른 증상이 없어서 초기에는 가족들도 병을 눈치채지 못한다. 실제로도 환자들의 행동을 보면 정말 어린아이와 똑같은데, 지능이 퇴화되어 어린아이처럼 변하기 때문에 환자들을 대할 때는 논리적으로 따지기보다는 부드럽게 어르고 달래야 한다. 한번은 어떤 저명한 교수님에게 사모님이 아이 대하듯 밥을 먹여 주는 장면을 보게 되었는데 참으로 마음이 아팠다. 우리가 자주 사용하는 '만수무강'이란 단어가 반드시 맞는 말은 아니란 생각이 들었다. 단순히 무탈하게 오래 사는 것보다는 인간으로서의 존엄을 갖고 사는 것이 더 중요하지 않을까.

그렇다면 사람들은 치매에 대해서 얼마나 두려워할까? 우리 연구실에서는 매번 65세 이상의 노인들을 대상으로 기억력 실험을 진행하는데, 피실험자 모집을 할 때마다 전화가 폭발할 지경이다. 어르신들은 '피실험자 사례금도 필요 없고 검사 시간이 오밤중이라도 한걸음에 달려갈 테니 자신이 알츠하이머인지 아닌지 뇌 CT만 좀 찍어 줘'라고 부탁한다. 어르신들께 왜 그렇게 걱정을 하는지 여쭤보니, '어휴, 내가 어제 녹두탕을 끓이다가 냄비의 물을 다 졸여 버렸잖아'라는 대답이 돌아왔다. 하지만 사실 이런 것은 알츠하이머병 증상이 아니다. 알츠하이머병 증상은 매번 가던 시장에 야채를 사러 갔다가 순간적으로 집에 돌아오는 길을 잃고 헤맨다거나, 결혼한 지 50년 된 노부부가 어느 날 상대방을 알아보지 못하는 경우 등이다. 가스 불 끄는 것을 깜빡하거나 열쇠를 어디에 두었는지 기억 못 하는 건 일반적인 건망증으로 보면 된다. 해야 할 일은 산더미 같은데, 뒤쪽에서 일어난 물결이 앞의 물결을 계속해서 밀어내는 식이라고 보면 된다. 그러니까 이전의 일을 미처 처리하지 못한 상태에서 새로운 일들이 닥쳐 버리는 바람에 앞의 일들이 흔적도 없이 사라져 기억하지 못하는 것뿐이다.

기억의 본질은 망각이다. 인간이 아주 사소한 일까지 모두 다 기억하기란 불가능하다. 하지만 아무리 기억력이 좋지 않은 사람일지라도 살인이나 방화 현장을 목격했다면 그 장면을 평생 잊지 못할 것이다. 왜냐하면 기억을 추출해 내는 중요한 요소는 감정이기 때문이다.

러시아 심리학자 안톤 루리아의 저서에는 한번 본 것은 절대 잊어 버리지 않는 어느 기자의 이야기 나오는데, 그는 15년이 지난 후에도 당시 칠판에 기록했던 긴 공식을 한 글자도 틀리지 않고 완벽하게 외워 썼다고 한다. 하지만 초자연적인 기억력 때문에 이 사람의 삶이 늘 고통스럽고 괴로웠다는 내용도 등장한다. 엄청난 기억력의 소유자를 아내로 둔 남편에게 한번 물어보시길. 가끔 무언가를 까먹는다는 것이 왜 필요한 일인지 알려 줄 테니 말이다.

모든 사람의 행동은 그의 과거와 관련이 많다. 이 책에 등장하는 할머니는 돈을 너무나 좋아하는 사람이다. 할머니는 어렸을 때 사람들에게 무시당하며 가난하게 살았던 기억, 그리고 오해를 받았던 아픈 기억 때문에 돈이 세상의 전부라 여기게 되었다. 하지만 자신에겐 돈을 벌 능력이 없었기에 그저 아끼는 것 말고는 달리 방법이 없었고 결국엔 구두쇠가 되어 버렸다. 그리고 이 책 속의 할아버지는 내 친구와 참 많이 닮았다. 그 친구는 아내가 자신을 사랑하지 않는다는 사실을 분명히 알면서도 40년의 결혼 생활 동안 아무리 아내에게 욕을 먹고 화풀이를 당해도 자신의 선택을 후회하지 않았다. 나는 할아버지의 이야기를 접하면서 '사랑은 죽을 때까지 두 사람이 함께하는 것'이란 말이 떠올랐다.

이 책은 아이들의 관점에서 이야기를 풀어냈을 뿐만 아니라 소소한 재미와 흥미도 갖췄다. 또한 치매를 잘 묘사한 책이기도 하다. 인간은 서로의 마음을 잘 알아야만 상대방을 이해할 수 있다. 어서 이 책을 읽길 바란다. 책을 읽고 나면 좀 더 넓은 마음으로, 그리고 좀 더 상냥한 마음으로 어른들을 대하게 될 테니 말이다.

타이완 국립중앙대학 인지신경과학 연구소 교수, 홍란(洪蘭)